COLLECTION FOLIO

Boileau-Narcejac

Les visages de l'ombre

Denoël

© *Éditions Denoël, 1953.*

Pierre Boileau et Thomas Narcejac sont nés à deux années d'intervalle, le premier à Paris, le second à Rochefort. L'un collectionne les journaux illustrés qui ont enchanté son enfance; l'autre est spécialiste de la pêche à la graine. A eux deux, ils ont écrit une œuvre qui fait date dans l'histoire du roman policier et qui, de Clouzot à Hitchcock, a souvent inspiré les cinéastes : *Les diaboliques, Les louves, Sueurs froides, Les visages de l'ombre, Meurtre en 45 tours, Les magiciennes, Maléfices, Maldonne...*

Ils ont reçu le prix de l'Humour noir en 1965 pour *...Et mon tout est un homme.* Ils sont aussi les auteurs de contes et de nouvelles, de téléfilms, de romans policiers pour la jeunesse et d'essais sur le genre policier.

CHAPITRE PREMIER

Hermantier promenait sur la page perforée ses gros doigts malhabiles et ses lèvres bougeaient ; un pli de souci lui barrait le front. De temps en temps, il revenait en arrière, grognait, appuyait ses doigts plus fort, s'arrêtait de respirer. Qu'est-ce que c'était que ça, encore ? Il était obligé d'essuyer le bout de ses doigts à sa manche, parce qu'il était tout de suite en sueur. Et il reprenait son tâtonnement rageur. Combien de trous ? Quatre. Deux en haut, deux en bas. Alors ? Quelle lettre ? Quelle Bon Dieu de lettre ?
Il éclata. « J'en ai assez, assez, assez ! Qu'on me foute la paix. J'ai passé l'âge d'aller à l'école ! », et il envoya promener la méthode. Une brusque colère lui nouait les poings. Il assena un grand coup sur le guéridon, se leva, renversant sa chaise. Quelque chose s'effondra derrière lui, se brisa avec un bruit clair de verre réduit en miettes. Il se retourna, soufflant fort, une vilaine grimace à la bouche, trop grand, trop lourd dans ce noir peuplé d'objets fragiles qui l'empêchaient de passer, de bouger. Il jurait tout bas, avec désespoir. Jamais il n'y arriverait ! Depuis deux mois, il travail-

lait comme une brute. Ses énormes pattes, si adroites autrefois, quand il fallait manier de fins outils, semblaient avoir perdu toute habileté dès qu'elles palpaient les reliefs énigmatiques de la méthode. Et puis, à quoi bon ? Pourquoi se donner tant de mal ? Pour être capable de lire *Les Misérables* ou *Les Trois Mousquetaires* ! Ça ne l'intéressait pas, la lecture. Ça ne l'avait jamais intéressé. Christiane le savait bien. Alors, pourquoi insistait-elle ?

Il fit quelques pas méfiants. Sa hanche frôla un meuble. Non, c'était la cheminée. Au bout d'un mois, il n'était pas encore capable de s'orienter dans sa propre chambre. Et l'on osait parler du sixième sens des aveugles !

Il resta un moment immobile, une main posée à plat sur le mur, comme un homme fourbu qui récupère, puis il se remit en marche, traînant les pieds. Il sentit, contre sa jambe droite, l'accoudoir du fauteuil. La fenêtre était là... Il était devant la fenêtre, le visage inondé sans doute de lumière, peut-être de soleil, et pourtant aucune lueur n'atténuait l'obscurité dans laquelle il était plongé. Ce n'était même pas de l'obscurité. C'était du néant. Autrefois, quand il fermait les yeux, quand il appuyait sur ses paupières avec ses paumes, il voyait du noir, un beau noir semblable à un ciel profond où des soleils ne tardaient pas à virer, où s'étiraient des voies lactées, où éclataient des bouquets d'étoiles, et il croyait que c'était cela, la nuit des yeux morts. Il aurait maintenant donné n'importe quoi pour retrouver, au fond de lui, ce fourmillement d'astres imaginaires. Mais il n'y avait plus rien. Ni ténèbres ni vide. Rien. Il avait brusquement changé de milieu. Il était devenu un animal d'une autre espèce; alors pourquoi sa tête était-elle toujours pleine d'images? Pourquoi s'acharnait-il encore à regarder, avec ses souvenirs? En ce moment, derrière la fenêtre invisible, il voyait le Rhône, la colline de Fourvières..., il aurait pu compter les arbres du quai. Tout était dessiné, là, dans sa mémoire, avec une netteté prodigieuse. Pourquoi?... Est-ce qu'on peut devenir une bête à flairer, à trier les odeurs et les sons, quand on est obsédé par le monde de ceux qui voient?

Machinalement, il essuya le carreau que son souffle avait dû ternir. Dix heures. Au rez-de-chaussée, l'horloge du salon venait de sonner dix heures. Ils n'en finissaient pas de charger l'auto.

— Vous croyez que ça tiendra? criait Christiane.
— Que Madame ne se fasse pas de bile, répondait Clément.

Cinq mois plus tôt, il n'aurait pas osé répondre sur ce ton. Hermantier s'éloigna de la fenêtre, fouilla ses poches. Où avait-il encore fourré ses cigarettes? Tout à l'heure, elles étaient près de lui, sur le guéridon, quand il piochait sa méthode Braille. Il en avait pris une... et après? Dire qu'il fallait sans cesse s'interroger de cette façon... Tout ce qui n'était plus à portée de la main était perdu, volatilisé... Et c'étaient d'interminables ruminations : j'étais là... je me suis levé... donc... Les cigarettes se trouvaient probablement sur le tapis, jetées à terre en même temps que la méthode. Hermantier se mit à quatre pattes et commença à tâter devant lui. Le grand Hermantier, le patron des Usines Hermantier! Il se traînait, à la recherche d'une cigarette et, de nouveau, une colère terrible le congestionnait. Il se heurtait à des pieds de table, à des pieds de chaise, déjà égaré, perdu, grommelant d'énormes jurons qui l'humiliaient sans l'apaiser. La porte s'ouvrit derrière lui.

— Eh bien ?... Qu'est-ce que vous faites là ?... Oh ! la coupe ! Vous l'avez cassée.

Il se releva, tourna la tête, au jugé, vers l'endroit d'où venait la voix de Christiane.

— Ça va, dit-il. J'en achèterai une autre... Pourquoi n'avez-vous pas frappé ?

— Mais...

— J'ai répété cent fois que je voulais qu'on frappe... Vous comme les autres... Vous voulez savoir pourquoi je... Vous voyez ! Je cherche mes cigarettes.

— Il fallait appeler... Ne bougez pas ! Vous allez marcher dessus.

Le paquet de cigarettes fut poussé dans sa main. Il commença à sentir le parfum de Christiane.

— Où êtes-vous ?

— Ici. Je ramasse les morceaux. Vous pourriez vous blesser. Et la méthode ! Vous l'avez bien arrangée !

Il y avait de la bouderie dans sa voix, du reproche aussi, peut-être du chagrin. Hermantier alluma son briquet, l'approcha de son visage, dirigea sa cigarette vers la chaleur de la flamme. Ce geste, il savait l'accomplir, maintenant, sans erreur.

— Je ne veux plus entendre parler de cette méthode, dit-il. A l'usine, j'ai des dictaphones, des secrétaires, et ici, Bon Dieu, quoi, j'ai encore une langue.

— Ne jurez donc pas tout le temps, murmura Christiane. Vous n'êtes pas patient, mon pauvre ami. Dans votre état, pourtant...

— Quoi, dans mon état ?

— Là ! On ne peut rien dire. Vous vous fâchez tout de suite.

— Je me fâche parce que je n'aime pas ce mot, Christiane... Mon état, mon état... Si on me roulait dans une petite voiture, je comprendrais... Hubert n'est pas encore arrivé ?

— Non.

— Ah ! celui-là !... Il commence à m'exaspérer.

De l'index, il souleva la manche de son veston pour découvrir sa montre-bracelet, mais laissa aussitôt retomber son bras.

— Vous aviez quelque chose à me dire, Christiane ?

— Oui. C'est pour le garage.

— Bon. Combien ?

— Quinze mille trois cent trente.

— Diable ! Il n'y va pas de main morte, Marescal. Vous avez la note ?

— Oui. La voici.

Il y eut un court silence, puis Hermantier soupira.

— Remplissez le chèque.

Il tira son chéquier de sa poche-revolver et le tendit devant lui. Christiane le prit. Il entendit grincer une chaise, puis le stylo de Christiane gratta le papier.

— Voulez-vous signer ? dit-elle.

Il s'approcha à pas lents, et elle conduisit sa main vers la table, lui glissa le stylo entre les doigts.

— Ici. Non, un peu plus bas. Là... juste où vous êtes.

Sa voix tremblait un peu. « De quoi dois-je avoir l'air », songea Hermantier. Violemment, d'un trait, il signa.

— Très bien, dit Christiane.

Il fut content de l'avoir étonnée.

— Christiane, murmura-t-il, j'ai peut-être été un peu brusque, tout à l'heure. Mais vraiment vous n'imaginez pas à quel point cette méthode me tape sur les nerfs. Si encore ça devait me servir à quelque chose.

— A la campagne, vous ne serez pas fâché de vous occuper.

Elle avait encore changé de place et il eut l'impression qu'il devait être ridicule quand il s'adressait à une personne qui n'était plus devant lui. Pour avoir une contenance, il ôta ses lunettes noires, passa les doigts sur ses yeux détruits.

— Un mois, c'est tellement court, fit-il.

— Un mois... ou plus.

— Mais non. Je suis tout à fait bien, maintenant. La tranquillité, le grand air... et je vous jure que le premier août je pourrai retourner à l'usine.

— Le médecin décidera.

— C'est tout décidé.

Il remit ses lunettes aux épaisses branches d'écaille, et reprit :

— Hubert est un type bien, je suis le premier à le reconnaître, mais il manque d'autorité... Il ne fait pas le poids... Et puis ma place est à l'usine.

— Pour une fois que vous pourriez vous reposer un peu !

— Quatre mois de clinique, un mois de convalescence et encore un mois de vacances, je trouve que c'est un repos suffisant.

On frappa.

— Oui, cria Hermantier. Qu'est-ce que c'est ?

— Madame, c'est monsieur Merville. Il demande s'il peut entrer.

— Ce n'est pas à Madame que vous devez vous adresser, dit Hermantier, c'est à moi.

— Bien, Monsieur.

— Faites-le monter.

— Bien, Monsieur.

— Elle m'agace, cette fille, murmura Hermantier. Ma parole, je n'existe pas pour elle... Comment est-elle ?

— Mais... je vous l'ai déjà dit, fit Christiane. Brune, petite, délurée.

Hermantier essaya de se représenter une fille brune, petite, délurée. L'image était vague. C'était quelque chose comme une silhouette sans visage, et qui avait tendance à se tortiller.

— Je n'aime pas cette fille, pas du tout. Vous auriez pu garder Blanche.

— Elle radotait.

— Peut-être, mais je m'entendais bien avec elle.

Un pas rapide dans le couloir. Hubert.

— Bonjour, Christiane.

Il lui baisait la main, évidemment.

— Eh bien, cher ami, comment vous sentez-vous, ce matin ?

— Ça va, dit Hermantier.

— Pas trop fatigué ?

— Pourquoi serais-je fatigué ? Hein ! Je n'ai pas bonne mine, peut-être ?

— Mais si, mais si.

Sa voix manquait de naturel et de chaleur. On avait toujours l'impression qu'il cachait quelque chose.

— Je vous laisse, fit Christiane. Je crois que dans une demi-heure, nous pourrons partir. Asseyez-vous, Hubert. Richard, offrez-lui des cigarettes.

Ils attendirent que la porte fût refermée.

— Alors ? interrogea Hermantier, vous l'avez ?

— Oui.

Hermantier tendit la main.

— Donnez.

Il ferma les doigts, caressa du pouce l'arrondi de la lampe, la collerette de métal. Il se taisait et Hubert, si bavard d'habitude, gardait lui aussi le silence. Un an d'efforts, de recherches, d'essais, le bureau d'études sur les dents, des sommes considérables dépensées, pour en arriver à ce résultat : la nouvelle ampoule Hermantier.

Presque timidement, Hermantier demanda :

— Elle marche bien ?

— Elle marche bien, dit Hubert. L'équivalent de la lumière naturelle.

— Allumez-la.

— Mais...

— Ça ne fait rien. Allumez-la... Tenez, vous avez une lampe, sur la table de nuit.

Il entendit Hubert qui remuait des choses et il s'approcha, les mains en avant.

— On ne peut pas bien se rendre compte, dit Hubert, parce que les volets ne sont pas fermés.

— Je vous assure que ça n'a pas d'importance, fit Hermantier doucement. Elle est allumée ?

— Oui.

Hermantier contracta ses paupières derrière ses lunettes et, de toutes ses forces, il imagina une lampe brillant comme le jour.

— Ce qu'elle a pu me donner du mal ! murmura-t-il. Ce que j'ai pu travailler !... Eteignez, Hubert.

Il y eut un déclic.

— Merci. Et maintenant, donnez-moi des détails. Il faut me conduire cette affaire rondement, hein ?

— Nos démarcheurs vont partir dans une quinzaine, dit Hubert.

— Pourquoi pas cette semaine ?

— Rien ne presse. Nous arrivons au mois de juillet.

— Ça m'est égal. Il n'y a pas une minute à perdre. Avez-vous songé à la publicité ?

— Bien sûr. J'ai prévu un dépliant, avec les caractéristiques de la lampe et la liste de ses principaux avantages...

— Mauvais ! Ça ne parlera pas. Faites une affiche... La lampe dans le coin supérieur, à droite... une lampe très grosse, brillant comme un soleil... et en bas, à gauche... des fleurs, un champ de fleurs, des héliotropes, par exemple, toutes tournées vers la lumière... Vous voyez le thème ! Et de la couleur, nom de Dieu ! Que tous les murs en soient éclairés ! Et puis, trouvez-moi une formule qui claque, qui fasse mouche...

— Vous ne craignez pas qu'une affiche, une telle affiche... cela soit un peu... comment dirai-je ?...

— Eh, dites-le : vulgaire ! Mais justement. Je veux toucher le paysan dans sa ferme, le bougnat au fond de son échoppe, le veilleur de nuit dans son cagibi. Je veux que ma lampe devienne populaire au même titre que la pile *Wonder* ou le jambon *Olida*.

— C'est discutable, dit Hubert.

— Mais non, mon petit Hubert. J'ai raison. C'est l'évidence même.

Hermantier riait, les pouces aux aisselles, les doigts tambourinant sa poitrine. Il y avait des traînées de cendre sur son gilet. Ses vêtements étaient fripés, mais il était si grand, si large, si puissant, que de telles négligences faisaient partie de son personnage, accusaient sa vitalité. Seules les lunettes noires n'étaient pas dans le ton, ressemblaient à un déguisement.

— Rédigez-moi un petit rapport, continuait-il. Quand viendrez-vous nous rejoindre?

— Dans deux semaines, probablement. Je profiterai des fêtes pour prendre quelques jours.

— Eh bien, vous avez tout le temps. Pas de laïus, hein! Les prévisions de dépenses, un aperçu des affaires en cours et une maquette, avec un slogan approprié... Nous chercherons tous... Ouvrez un concours parmi le personnel... Je suis bien content, Hubert. Passez-la-moi, cette lampe.

Il la reçut dans le creux de sa main, encore tiède et pas plus lourde qu'une bulle d'air.

— Il y a de l'avenir, là-dedans, mon vieux, si nous savons garder notre avance. Nous les aurons, croyez-moi. Dans six mois, vous me remercierez de leur avoir tenu tête. Nous sommes plus forts qu'eux, Hubert, retenez bien cela... Allez! Vous m'en apporterez trois douzaines, là-bas. Je veux que la villa soit entièrement équipée de ces lampes. Oh! Je sais ce que vous pensez.

Mais ça me fera plaisir. Filez, maintenant. Vous avez le courrier à signer, les chefs de service à voir. Veinard! Moi, pendant ce temps, on m'emmène en Vendée, comme un malade. A bientôt, mon petit Hubert. Je suis content, vrai.

— A bientôt, cher ami. Soignez-vous bien.

Hubert sortit, et Hermantier entendit chuchoter dans le couloir.

— Qui est-ce qui parle? demanda-t-il, de cette voix énorme qui faisait toujours un peu peur.

— C'est moi.

— Qui moi?

— Marceline, la nouvelle femme de chambre.

— Oui, et alors?

— Il y a quelqu'un qui voudrait voir Monsieur. Un ami de Monsieur.

— On ne vous a pas dit que je ne voulais recevoir personne? cria Hermantier.

— Si, Monsieur... Seulement ce monsieur insiste... Monsieur Blèche... Il prétend que...

— Blèche? Vous êtes sûre?... Mais alors, faites-le entrer, tonnerre de Dieu!

Blèche! Allons, ce n'était pas une mauvaise journée. Hermantier s'avança vers le seuil, se heurta au mur, retrouva la porte au moment où Blèche arrivait, si bien qu'ils faillirent buter l'un dans l'autre.

— Mon vieux Richard, murmurait Blèche, ému. Mon vieux camarade...

— Excuse-moi, dit Hermantier. Tu as dû m'entendre crier. Tu comprends, maintenant!... Je ne veux pas qu'on vienne me regarder comme une bête curieuse. Il y en a qui seraient trop contents... Je ne mets même plus les pieds dehors... Mais toi !

— J'étais en Ecosse quand j'ai appris ton accident. Alors, c'est vrai, mon pauvre Richard... Il n'y a plus d'espoir ? Tu as vraiment perdu la vue ?

— Totalement... Viens t'asseoir... Tiens, regarde.

Hermantier enleva ses lunettes et Blèche vit les yeux terribles, les paupières cousues, formant un trait rougeâtre, les sourcils roussis, les cicatrices zigzaguant vers les tempes et les pommettes.

— Ah ! mon pauvre vieux.

— Est-ce que c'est très laid ? demanda Hermantier. J'ai beau toucher, je ne me rends pas bien compte.

Blèche serrait ses mains l'une contre l'autre. A la fin, il murmura, contrôlant sa voix de son mieux.

— Non... Ce n'est pas très laid... surtout quand tu as tes lunettes... Il faut savoir, je t'assure... Mais comment l'accident est-il arrivé ? On m'a parlé d'une explosion.

— Une grenade, dit Hermantier. Tu sais que nous possédons une grande propriété en Vendée, près de Marans, sur la côte. Les Boches l'ont occupée pendant la guerre. Ils ont à demi rasé le parc, abattu des pans de murs... Tout est à refaire, ou presque... Alors, cet hiver, j'ai fait un saut là-bas, pour tout régler avec l'entrepreneur. Et j'ai commencé par mettre moi-même la main à la pâte. Tu me connais !... Je défrichais, près d'un ancien blockhaus. Ma pioche a heurté une grenade enfouie dans la terre. Je ne sais pas comment je n'ai pas été tué. Un miracle.

— Toi qui étais si actif, fit Blèche. Tu peux quand même t'occuper de tes usines ?

— Jusqu'à présent... j'ai un peu laissé tomber. La secousse a été tellement dure ! On m'oblige même à prendre encore un mois de vacances... C'est Hubert qui me remplace.

— Hubert ?

— Oui, Hubert Merville.

— Connais pas.

— C'est vrai, tu n'étais pas en France quand il est devenu mon associé... Cela va faire deux ans. C'est bien simple, c'était en août 46. J'avais besoin de nouveaux capitaux. Hubert, de son côté, venait de faire un sérieux héritage... Oh ! ce n'est pas un aigle mais, entre nous, il a ce que je n'ai jamais pu apprendre. Il a des manières, tu comprends. Il sait parler. Il me sert d'ambassadeur. N'empêche que j'ai hâte de reprendre l'affaire en main. D'autant que le cartel va nous mener la vie dure. Car figure-toi que mes principaux concurrents se sont coalisés. Ils espéraient bien m'avoir avec eux...

— Et ta femme ? Elle ne pourrait pas te seconder ?

— Christiane ? Voyons, tu la connais... Toujours présidente de quelque chose, secrétaire de ceci, trésorière de cela... Non, Christiane est ce qu'on appelle une femme très occupée.

Hermantier tâtonna, saisit le dossier de son fauteuil et s'assit lourdement.

— Ça n'a pas changé, murmura-t-il. Moi, je fais de l'argent. Eux, le dépensent. Mon frère... Tu te rappelles Maxime ?

— L'enfant terrible ! Je pense bien. Quoiqu'il y ait un sacré bout de temps... Comment va-t-il ? Son cœur ? Vous aviez été terriblement inquiets, un moment.

— Si tu crois qu'on peut savoir quelque chose, avec lui. Un gosse. Un vrai gosse... Tu ne devinerais jamais sa dernière invention ?... Il fait partie d'un jazz. Oui. Il joue du saxo. Tu penses si ça doit lui arranger la santé... Christiane ne décolère pas. Un beau-frère saltimbanque, tu te rends compte !... Quant à Gilberte, ma belle-fille, elle s'est lancée dans la philosophie. Elle prépare je ne sais quel diplôme. On ne m'entretient pas de ces choses, moi, tu comprends ! Je sais tout de même qu'elle vient de se fiancer à un vague architecte. Elle passe les vacances dans la famille de ce garçon qui, naturellement, n'a pas un sou. Un de plus qu'il me faudra prendre à la boîte. Papa Hermantier est encore là pour un coup. Et ils voudraient que je me repose, par-dessus le marché ! Ils s'imaginent que l'usine tourne par son propre élan.

— La voiture est prête, cria Christiane de l'escalier.

— Je vous rejoins, fit Hermantier... Non, mon vieux, ne bouge pas. Ils m'attendront. C'est bien leur tour.

— Je suis content de t'avoir vu, dit Blèche. Mais je suis désolé de te trouver comme ça. Il me semble que tu avais plus de ressort, la dernière fois. Bien entendu, je ne te parle pas de tes yeux, de ta santé... Je parle de ton moral.

— Bah ! ce que j'en dis, soupira Hermantier. Une famille, c'est toujours lourd à porter. Surtout la mienne. Et surtout maintenant ! Reste célibataire, mon vieux. Et si, un jour, tu tiens vraiment à te marier, n'épouse pas la veuve d'un directeur, crois-moi. Tu aurais beau doubler, tripler le capital, on te considérerait toujours comme le bonhomme à tout faire... Mais toi, qu'est-ce que tu deviens ? Toujours dans le journalisme ?

— Toujours. Je suis venu embrasser ma mère et je repars ce soir pour Vienne. C'est éreintant, mais je ne changerais pas avec un autre.

— Pas même avec moi ?

— Pas même.

Ils rirent.

— Quand je pense, plaisanta Hermantier, si on nous avait dit, quand nous allions à l'école, rue Sergent-Blandan, que tu deviendrais un journaliste éminent.

— Et toi un magnat de l'industrie !

— Oh ! un magnat ! N'exagérons rien. Mais ça viendra peut-être. L'ambition, c'est tout ce qui me reste.

Un coup de klaxon retentit sous la fenêtre.

— Tu les entends, dit Hermantier. Ils sont prêts. Alors je dois être prêt.

— Qui emmènes-tu ?

— Ma femme, la bonne et le chauffeur. Maxime nous rejoindra dans le courant de la semaine. Et Hubert tâchera de faire un saut pour les fêtes du 14 juillet.

— Vous n'allez pas arriver de bonne heure. Il y a combien ? Au moins sept cents kilomètres.

— Sept cent cinquante. Mais Clément conduit bien et la voiture est souple. Une Buick !... Chritiane ne pouvait plus se contenter d'une voiture française. Nous serons là-bas à la nuit.

— Tu vas t'ennuyer.

— Non. Pas là-bas. J'aurai de l'espace. Je ne me

cognerai pas partout, comme ici. Il me semble que je vais respirer, au contraire. Et puis, plus de courrier, plus de raseurs. Je ne sais même pas si on a réparé le téléphone !

— Je file, dit Blèche. Je ne veux pas qu'on te fasse une scène à cause de moi.

— Oh ! Je n'en suis plus à une scène près... Est-ce que tu repasseras bientôt ? On aurait pu arranger un petit souper, tous les deux, en septembre.

— En septembre, non. Mais sans doute vers Noël. A moins qu'on ne m'expédie à Abadan... ou à Hanoï !

— Tu as de la chance. Aide-moi, tiens... Sinon, je serais bien fichu de m'étaler dans l'escalier.

Ils sortirent, longèrent lentement le couloir, descendirent les premières marches.

— Franchement, reprit Hermantier, je ne suis pas trop défiguré ? Je te demande ça... à cause de Christiane.

Blèche hésita.

— Difficile d'apprécier cela, mon pauvre vieux. Ça se voit évidemment. Mais ce n'est pas... rebutant, non.

— Merci. Et... autrement, tu ne me trouves rien ?

— Qu'est-ce que tu veux dire ?

— C'est que... justement... je ne sais pas... Enfin, à part mes yeux, mon visage recousu ?

— Eh bien, à part ça, tu n'as rien. Pourquoi cette question ?

— Une idée... J'ai l'impression qu'ils m'évitent, tous, qu'ils ont... peur de moi. Oui, c'est cela : peur de moi. Ils m'évitent comme si j'étais un contagieux, ou plus exactement comme si j'avais quelque chose de plus que mon infirmité, quelque chose qu'ils ne peuvent pas supporter.

— Qu'est-ce que tu vas chercher !

— Ma femme ne t'a pas parlé, tout à l'heure, pas fait la leçon ?

— Je ne l'ai même pas rencontrée.

Ils traversèrent le vestibule.

— Excuse-moi, Blèche... A toi, je peux bien tout dire. J'essaye, comme ça, de paraître costaud, insouciant... Mais je sens bien que j'ai été très touché, beaucoup plus touché qu'on ne croit. Ta visite m'a fait plaisir, tu sais.

— Mon vieux Richard !

Ils se serrèrent la main. Hermantier se sentait brusquement misérable. Il ne pouvait plus lâcher la main qu'il tenait pressée dans les siennes.

— Au revoir. Reviens me voir.

Il ouvrit les doigts et il fut seul dans sa nuit.

Le claquement des talons, retentit, précipité.

— Il a fini par s'en aller, celui-là. On n'a pas idée d'arriver à une heure pareille ! Marceline ! Fermez partout. N'oubliez pas les compteurs... Tenez, Richard, prenez ça.

Hermantier palpa le morceau de bois qu'elle avait fourré dans sa main.

— Qu'est-ce que c'est que ça ?

— Une canne.

— Moi, une canne !... Je marcherai bien tout seul.

Il dut pourtant s'arrêter au milieu du trottoir, complètement perdu. Christiane le saisit par le bras et il se laissa docilement emmener. La voiture démarra. Hermantier s'enfonça dans son coin. Il avait des heures et des heures, maintenant, pour réfléchir, pour ressasser les mêmes pensées et tâcher de comprendre le mystère. « Qu'est-ce que j'ai de plus que mes yeux morts, songea-t-il. Qu'est-ce qu'ils redoutent ? » Mille détails lui revenaient, minuscules, mesquins, mais indubitables. Il n'y tint plus et se pencha vers Clément.

— Passez rue Bichat, dit-il. Vous m'arrêterez au 32.
— Voyons, Richard, murmura Christiane. Nous n'avons pas le temps. Et puis... de quoi aurai-je l'air ?
— Je descendrai seul. Je connais le chemin. Quand elle a perdu son mari, je suis venu plusieurs fois la voir.
— Mais pourquoi, aujourd'hui ?
— Je veux lui dire au revoir avant de partir. Je l'aimais, moi, la vieille Blanche.

Sa voix, malgré lui, avait tremblé de rancune. Christiane ne répondit pas. Autrefois, elle aurait sûrement répliqué. Encore un détail. La voiture s'éloignait du centre. On n'entendait plus la sonnette des tramways et la circulation semblait très ralentie. La rue Bichat était là, à deux pas, avec ses bistrots où les employés de la gare des marchandises buvaient l'apéritif et ses gosses jouant à la marelle, le long des trottoirs. Hermantier la voyait nettement, mais l'image était figée comme une carte postale. Un coup de frein très doux immobilisa la Buick. Hermantier ouvrit la portière.

— Monsieur est juste en face du corridor, dit Clément.
— Je ne serai pas longtemps, annonça Hermantier.

Le trottoir était étroit, l'affaire de quelques enjambées. Il dut cependant lutter contre une poussée de vertige qui lui mouilla le front et le laissa faible et mou, au seuil du couloir. Il sentit la pierre sous ses doigts et s'avança lentement, la main au mur. Le mauvais moment était passé. Il palpa les boîtes aux lettres, il y en avait une dizaine, retrouva le mur avec plaisir. L'essentiel était de s'appuyer à quelque chose, de ne pas chercher dans le vide. Tâtant du pied, il trouva sans peine la première marche. Rien de plus facile à monter qu'un escalier. Pas la moindre impression de piège. Hermantier s'arrêta au troisième. La porte à droite. La clef était dans la serrure et il reconnut aussitôt le trottinement de la vieille femme. Il entrouvrit la porte.

— Hermantier, murmura-t-il. C'est moi, ma bonne Blanche.

— Oh! C'est vous, monsieur. Si je m'attendais...

— Je peux entrer un petit moment?

Ils étaient émus, tous les deux, parlaient ensemble et se heurtaient dans l'étroit vestibule.

— Donnez-moi la main, dit-elle enfin, et elle le fit entrer dans une pièce qui sentait la cire et l'humidité, poussa vers lui quelque bergère craquante aux accoudoirs pelés.

— Je pars en vacances, expliquait Hermantier. Je suis beaucoup mieux, maintenant. Je suis complètement hors de danger.

— Je suis bien contente... Monsieur peut dire qu'il m'a fait faire du mauvais sang. On vous croyait bien perdu.

— Qui?

— Tout le monde, pardi... Madame, monsieur Hubert, monsieur Maxime... Ils causaient dans les coins. Ils essayaient de prendre un air rassuré, mais je n'étais pas dupe.

Hermantier devina qu'elle s'éloignait et entendit le bruit de la fenêtre qu'elle refermait doucement. Il tira son portefeuille, prit sans compter une liasse de billets.

— Ma bonne Blanche, je n'ai pas voulu partir sans vous remercier... de tout. Bref, vous allez me faire le plaisir d'accepter ce petit cadeau... Allez! Allez! Donnez votre main.

— Non, monsieur... Non, c'est impossible.
— Pourquoi?
— Non.
— Ce n'est pas assez?
— Oh! si, Monsieur. Ce n'est pas cela.
— Alors?... Voyons, donnez donc votre main. Je ne vous fais pas peur, n'est-ce pas?

Il entendait la respiration précipitée de la vieille femme et, d'un coup, tous ses doutes surgirent.

— Blanche, je sens qu'il y a quelque chose. Parlez-moi franchement. Pourquoi refusez-vous cet argent?

— Mais... puisque je ne suis plus au service de Monsieur.

— Et si je vous demandais de revenir?
— Non, Monsieur... Je ne reviendrai jamais.
— Vous ne pourriez plus vivre près de moi?
— Non, Monsieur. Plus maintenant.
— Parce que je suis aveugle?
— Oh! Non, Monsieur. Je ne pensais même pas à cela.

— Je ne vous comprends pas.
— Monsieur va pouvoir se reposer là-bas. On dit

que le climat de la Vendée est très bon pour les convalescents...

Elle parlait soudain très vite, d'une voix changée, comme si elle s'adressait à un autre. Et Hermantier entendit le grincement léger du plancher, derrière lui. Quelqu'un était entré dans la pièce et les écoutait. Une voisine, sans doute. Allons! Il ne saurait rien. Il se leva.

— A mon retour, je reviendrai bavarder avec vous. Conduisez-moi, ma bonne Blanche.

Il lui mit une main sur l'épaule et la suivit jusqu'au palier.

— Que Monsieur fasse bien attention, reprit la vieille femme comme il empoignait la rampe.

Elle referma la porte et Hermantier perçut le glissement du verrou. Alors il se pencha. Des pas descendaient vivement l'escalier. Ils se perdirent dans le bruit de la rue bien avant qu'il fût arrivé en bas.

— Je ne me suis pas trompé? fit-il en remontant dans l'auto. Il y avait bien quelqu'un qui marchait devant moi?

— Un homme? dit Christiane.

— Je ne sais pas... Vous n'avez pas vu sortir quelqu'un?

Il y eut un petit silence.

— Monsieur a dû se tromper, intervint Clément. Il n'est sorti personne.

La Buick se mit en route.

... Là-haut, la vieille Blanche laissait tomber son rideau, murmurait :

— Ce pauvre Monsieur! Heureusement qu'il ne sait pas. Ce serait trop terrible!

CHAPITRE II

Il fait chaud, encore plus chaud que l'an dernier. Hermantier, dans l'allée du jardin, enlève ses lunettes, offre au soleil sa face mutilée. C'est encore une joie de sentir le long de sa peau courir ce petit vent sec, qui sent le miel et la rose. Il y a des insectes qui passent en ronflant et, parfois, une guêpe — c'est sans doute une guêpe — tourne autour de son visage, cherchant à se poser. Il descend l'allée, tranquillement, les mains dans les poches, s'efforçant d'être naturel, de ne pas se voûter, de ne pas, non plus, renverser la tête en arrière. Le plus dur, c'est de marcher sans penser qu'on marche et d'avancer sans s'imaginer qu'on va heurter un mur. Au début, il était hanté par la peur du mur; il avait toujours envie de tendre les bras en avant, et quelque chose se recroquevillait dans sa poitrine. Tout son corps était comme une bête peureuse. On a beau décider qu'il n'y a pas d'obstacle, le ventre, les genoux n'obéissent plus et, déjà, se garent, se préparent à souffrir la douleur du choc. On a sans cesse l'impression que l'air est plus dense. Comme au voisinage d'une paroi. Hermantier était obligé de s'arrêter souvent pour faire le point. Je suis à une vingtaine de pas de la terrasse, bon. Je suis au large. La grille est encore loin. Peu à peu, il prenait confiance. Il se guidait à l'oreille. Quand ses semelles ne faisaient plus craquer le gravier, c'est qu'il obliquait vers le parterre. Il n'arrivait pas à suivre une direction rectiligne. Toujours, il venait à gauche, comme un voilier vicieux. La traversée du jardin était une épuisante équipée.

Maintenant, ses pieds commencent à connaître les détours des allées, à condition de parcourir toujours le même itinéraire. Curieux comme on prend possession des choses, quand on ne les voit plus. Hermantier a intensément conscience du grand jardin laborieux, autour de lui, du ciel ruisselant de lumière, des nuages, même, qui font courir une rapide fraîcheur, sensible au front et au dos des mains. Peut-être que, s'il savait mieux écouter, il entendrait les lézards descendre à la verticale, le long du mur, dans le coin où, déjà, doivent mûrir les tomates. Hermantier donnerait n'importe quoi pour sortir de la propriété, courir à travers la dune vers la mer et marcher dans les vagues. Mais il faudrait demander cela comme un service, à Christiane, et Hermantier ne veut rien demander. C'est bien assez d'être servi, à table, comme un gosse. Il se passera de la mer. Il lui suffit de savoir qu'elle est là, avec ses grandes lames vertes qui se gonflent au même moment, tout le long de la plage. Si le vent tournait à l'ouest, il les entendrait, mais le vent souffle de la terre et ne promène que l'odeur des prés arides. Non, Hermantier ne s'ennuie pas. Il n'a pas le temps. Il s'applique tellement à vivre qu'il est harassé, le soir, comme un enfant qui a trop joué. Déjà trois jours qu'ils sont là! Trois jours qui ont filé comme une heure. Pour la première fois, Hermantier jouit de ses vacances. Il s'aperçoit enfin qu'il a un corps. Autrefois, il y avait le courrier, les déplacements imprévus, l'obsession des affaires. Et toujours une besogne urgente pour meubler les instants vides : des portes à repeindre, des serrures à huiler, le potager à nettoyer. Toujours la frénésie du travail. « Il mourrait, s'il n'avait plus rien à faire », disait Christiane. Bien au contraire. Voilà qu'il commence à vivre !

Par moments, une pensée lui vient, une pensée étrange. « Si je m'étais trompé. Si le travail n'était pas l'essentiel ! » Il sourit tout seul, parce que c'est idiot de songer à de pareilles choses. Depuis plus de vingt ans qu'il se bat, la lutte lui est devenue nécessaire. Il a besoin de vaincre des concurrents, d'imposer sa volonté, d'entendre murmurer sur son passage : « Hermantier... Vous savez... les lampes électriques... ». Pourtant, il est obligé de reconnaître que cette pause est agréable. Il n'a plus envie de se tuer, comme la tentation lui en est venue, à la clinique, quand Lauthier lui a dit : « Mon pauvre ami, il va vous falloir du courage... ». A cet instant-là, s'il avait eu sous la main une arme, ne fût-ce qu'un canif...

Il doit y avoir des œillets, quelque part, à gauche. Hermantier se penche, flaire, avance les doigts. Les fleurs sont là. Il ne s'est pas trompé. Avec précaution, il en détache une. Si, à cette minute, par hasard, un promeneur s'arrêtant devant la grille le regardait, il ne pourrait absolument pas se douter que cet homme habillé de blanc, les yeux cachés par des lunettes de soleil, est aveugle. L'hypothèse est ridicule, puisqu'il ne passe jamais personne devant la grille, mais Hermantier se plaît quand même à jouer avec elle. Il veut paraître dégagé, pour l'impossible promeneur. Il mordille la tige de l'œillet et fait semblant de considérer attentivement le massif, à ses pieds. Encore une curieuse sensation : alors qu'on ne peut plus voir, on croit brusquement qu'on est regardé et c'est insupportable. Hermantier devient tout de suite méchant, se dit qu'il doit avoir l'air d'une gourde, d'un empoté, du dernier des pauvres types. C'est même la raison pour laquelle il ne veut pas entendre parler d'une canne. « Je n'aurais plus qu'à mendier. Ce serait du propre ! ». En tout cas, il a parfaitement réussi le coup de l'œillet. Il n'est pas du tout mécontent. La main en plein dessus, sans une hésitation ! Il mâchonne la tige amère. En somme, si l'on possédait une mémoire bien exercée, on pourrait aisément se passer de la vue. Le malheur, c'est qu'on se rappelle mal. Lui surtout ! Avec sa tête pleine de projets, de chiffres, de graphiques, il n'a jamais fait attention au décor de sa vie. Il n'a jamais été attentif qu'aux signes de sa puissance. Les visages de ses employés, par exemple ?... Il s'aperçoit qu'il a toutes les peines du monde à les évoquer. Bien plus ! Christiane... il ne se la représente pas nettement. Tantôt il se souvient de sa figure, mais alors c'est le corps qui est flou... Tantôt c'est le contraire ; il voit, avec une précision stupéfiante, une femme dont la tête n'est plus qu'un ovale grisâtre...

Il crache les fragments de pulpe, se remet en marche. Ce massif d'œillets, il l'aurait situé plus loin. Et puis, quelle importance !... Il se promène, il ne souffre plus, il a chaud. Là-bas, les machines tournent, les nouvelles lampes sortent à la chaîne. Elles vont rapporter des millions. Il peut bien s'accorder ce répit de quelques semaines.

Voici les buis, que l'on a replantés. Ils ont besoin d'être taillés. Mais qui les taillera ? Pas Christiane. Pas Maxime. Hubert ?... Il ne s'est certainement jamais servi d'un sécateur... Quant à Clément !... « J'essaierai », songe Hermantier. Le bruit d'un jet d'eau crépitant sur la tôle lui parvient. C'est vrai, le garage ne doit pas être loin et Clément lave la Buick. Clément coupe le jet.

— Bonjour, monsieur. Est-ce que monsieur commence à s'habituer ?... Attention, c'est plein d'eau partout.

Hermantier continue d'avancer. Les souliers blancs tachés, le pantalon de flanelle moucheté de boue, c'est l'affaire de Marceline. Bon pour Hubert de regarder où il marche. Hermantier touche le capot de la voiture avec amitié. Sa main glisse sur des surfaces qu'il sent miroitantes. Elle rencontre la large poignée. Il ouvre la portière et s'installe au volant. Les cuirs craquent. Il hume l'odeur de métal et de bagage de luxe. Ne plus conduire. La seule vraie privation.

— Clément... Quand nous sommes venus, l'autre jour... Est-ce qu'il n'y a pas eu une petite panne ?... Je dormais à moitié, mais il me semble que nous nous sommes arrêtés un moment.

— En effet. Mais que Monsieur se rassure ; ce n'était rien. Une bougie à changer.

Hermantier appuie sur le démarreur et écoute le froissement de soie du ralenti.

— Clément, dit-il, je veux que vous me teniez au courant de tout ce qui concerne la voiture.

— Pour une simple bougie... je pensais...

— Ne pensez pas. Faites ce que je vous dis.

Hermantier stoppe le moteur. Il palpe encore le volant dont la matière est belle, au toucher, comme de l'agathe, puis il descend. Ce n'est pas la peine de ruminer des pensées interdites. Il offre une cigarette au chauffeur.

— J'aimerais aussi, fait-il, que les notes de garage soient moins corsées. Seize mille francs pour le mois de juin, alors que l'auto n'a presque pas roulé... hein ? C'est un tout petit peu trop.

— Mais... que Monsieur m'excuse...

Clément bafouille. Il a dû perdre son air avantageux de chanteur de charme.

— Ça ne faisait sûrement pas autant... ajoute-t-il.

— Quoi ! J'ai signé le chèque... Non, Clément, comprenez-moi. Ça n'a pas d'importance. Je veux simplement vous faire remarquer que la vie continue comme avant... exactement comme avant !

— Bien, Monsieur.

— C'est pourquoi, quand vous parlez à Madame, tâchez donc... enfin, vous savez très bien ce que je veux dire.

Clément s'est mis à cingler la voiture à coups de jet rageurs. Il prend facilement la mouche et, en une seconde, il devient vert de colère. Il a un œil, alors, qui se ferme à moitié. Hermantier ne se rappelle plus lequel. Des gouttes lui giclent au visage. Si Clément ne se contenait pas, il serait bien capable de l'arroser des pieds à la tête.

— Monsieur s'imagine que je suis un voleur... Il y

en a peut-être d'autres, avant moi, qu'il faudrait accuser...

Hermantier n'est pas d'humeur à discuter. Il s'éloigne.

— Pas par là, crie le chauffeur. C'est le mur du garage.

D'un coup, la quiétude a disparu. Hermantier ne sent plus le soleil, n'entend plus les guêpes. Il revient sur ses pas, crispé, furieux, humilié. Ça lui va bien, oui, de faire des observations... Pour aller ensuite se casser la figure comme un ivrogne sur un obstacle... Un obstacle qui n'existe peut-être pas... Qui n'existait peut-être pas...

Il s'arrête. Non, tout de même... Clément n'aurait pas osé. Il le connaît bien, depuis le temps... Clément est un violent; ce ne sont pas les scrupules qui l'étouffent. Mais se moquer d'un... D'un infirme, il faut bien dire le mot !... Hermantier ne peut plus bouger. L'angoisse est tombée sur lui, l'angoisse du mur... Ah ! c'est trop bête. Il a peur, peur dans tous ses muscles, alors qu'il n'y a rien devant lui ; la maison est au moins à trente mètres. Peut-être Clément l'observe-t-il, au détour de l'allée. « Pas par là ! C'est le mur du garage... » Jamais plus, maintenant, Hermantier ne pourra lui donner un ordre. Des martinets jaillissent par-dessus le jardin, hurlant à plein gosier et, au loin, très loin, une sirène mugit. L'été, brusquement, est devenu triste. Finis les yeux, finie l'autorité. Pour commander, il faut regarder. Regarder comme il savait le faire. On cédait tout de suite. On était démoli, en dedans. Clément tout le premier, avec ses façons de bellâtre, s'aplatissait.

Hermantier fait un pas, un autre. Ce grand corps est lourd à remuer. Un grand corps sans défense. Pour traverser l'usine, à qui devra-t-il se confier? Il aura besoin d'un guide. Franchement, est-ce que lui, Hermantier, s'il était ouvrier, respecterait un patron aveugle? Mais d'où viennent-elles, toutes ces pensées empoisonnées? Comment ne pas comprendre qu'elles étaient là depuis longtemps, qu'elles attendaient seulement l'occasion! Et il faudra nécessairement, un jour ou l'autre, les regarder en face. Enfin! Façon de parler.

Hermantier se hâte vers la maison. Pas bien vite. Il a seulement conscience de se hâter et, malgré lui, il a tendu un bras. Il remue un peu les doigts comme s'il dénouait un à un des centaines, des milliers de fils ténus barrant l'allée. Dans la maison, il est plus à son aise parce que chaque objet, au lieu de lui proposer une énigme, lui offre un jalon. Les murs, les vrais murs, le protègent. Quand il n'a plus à chercher sa route, il redevient le maître.

Son pied hésite, au seuil de la véranda, tâte la marche comme si elle était couverte de verglas.

— Vous n'avez pas été long, dit Christiane.
— Ah, vous êtes là!

Surprise de ces voix qui surgissent à l'improviste et vous arrêtent net au milieu de votre interminable monologue! Hermantier franchit aussitôt le seuil d'un pas ferme. Sa chaise longue est là, à droite de la porte. Il la trouve immédiatement et s'installe, laisse aller sa tête. Il n'a qu'à allonger la main pour sentir la surface rêche de l'osier et, presque tout de suite, le verre et la carafe posés sur la table. Plus de surprise à craindre. Il fait frais, ici. Hermantier se détend.

— Je suppose, murmure-t-il, que vous n'êtes pas restée à cause de moi ?

Elle tricote. Il entend le cliquetis compliqué des aiguilles. Elle doit compter des mailles car elle ne répond pas.

— Ne vous croyez pas obligée de vivre en recluse, poursuit-il. Ce n'est pas une raison parce que je ne veux rencontrer personne...

— Nous venons tout juste d'arriver, dit Christiane.

Il se tait un moment. Il aime l'agile mouvement des aiguilles, qui trouble à peine le silence. Le fauteuil de Christiane grince, de temps en temps, quand elle croise les jambes. Ils sont là, l'un près de l'autre ; ils pourraient se parler, s'ils avaient quelque chose à se dire. Et, simplement parce que le silence se prolonge, voilà qu'ils ont l'air d'être ennemis.

— Prenez la voiture et allez faire un tour aux Sables, propose Hermantier. Vous aimiez ces randonnées... Je ne voudrais pas gâcher vos vacances.

— Maxime va arriver dans une heure.

C'est vrai ! Et Clément ira le chercher à La Rochelle. Hermantier avait oublié son frère.

— Je me demande pourquoi il tient tant, cette année, à passer le mois de juillet avec nous, dit-il.

— Mais c'est pour vous distaire. Vous n'êtes pas chic avec lui, Richard. Voilà un garçon qui a refusé un engagement de deux mois à La Baule, et vous...

— Deux mois ? Pourquoi deux mois ?

Le fauteuil craque et la main de Christiane vient se poser sur sa manche.

— Voyons ! Soyez raisonnable. Etes-vous sûr de pouvoir rentrer à Lyon en août ?

— Mais certainement. Je pourrais même rentrer tout de suite. Enfin quoi ? Je ne suis pas malade.

— Non, je sais. Du moins pas en apparence.

— Comment ? Qu'est-ce que vous voulez insinuer ?

— Ecoutez-moi, Richard, au lieu de vous emballer... Vous êtes guéri, c'est vrai. Mais vous avez subi un choc nerveux... un terrible choc... Et le professeur Lauthier nous a bien prévenus, à plusieurs reprises... « Evitez-lui toute fatigue... S'il manifestait la moindre dépression, repos complet, absolu ».

— Il ne m'a rien dit de tout cela.

— Sans doute. Il n'a pas voulu vous effrayer... enfin, vous inquiéter, vous causer un souci inutile. Mais...

— Qu'est-ce qu'il craint au juste ?

— Rien... rien de précis. Il prétend seulement que, dans tous les cas de violentes commotions, il est nécessaire de prendre des précautions extrêmes. Il voulait vous mettre en observation, oui... C'est Hubert qui s'y est opposé.

— Pardi ! Hubert sait bien qu'il ne pourra pas s'en sortir tout seul.

— Comme vous êtes injuste, Richard ! Hubert a dit textuellement ceci : « Je connais les ressources d'Hermantier. Deux ou trois mois au bord de la mer, en famille, et il sera d'attaque ».

— Je vais lui écrire, moi, à Lauthier.

Hermantier s'arrête. Ecrire ! Il s'assied sur la chaise longue, le menton sur les poings.

— Je rentrerai dans un mois ! dans un mois ! répète-t-il, et une voix lui souffle l'absurde question : « Si j'étais ouvrier, est-ce que je respecterais un patron aveugle ? »

Il n'en peut plus. Il se lève.

— Vous ne vous rendez pas compte, dit-il. Non, je le vois bien. Personne ne veut comprendre.

— Ce sont les menaces du cartel, qui vous effraient ?

— Le cartel ?... Ça n'existe pas, le cartel. Je pense à la lampe. Elle représente des millions et des millions... A condition qu'on sache la lancer, surtout à l'étranger. A condition qu'on achète un nouvel outillage. A condition que je sois là, moi. Moi !

— Un nouvel outillage ?

— Eh oui !

Mais à quoi bon insister, lui expliquer ! La vieille querelle va recommencer. Elle va lui reprocher de prendre trop de risques, de faire des calculs trop ambitieux. Déjà, une fois, il a failli tout compromettre. Si Hubert n'avait pas été là, s'il n'avait pas apporté des capitaux... Oui, oui, Bon Dieu, il sait tout cela ! Il sait que la firme a été sauvée par Hubert. Il le sait mais il répondra qu'Hubert n'a rien sauvé du tout, qu'il est un poids mort, un incapable prétentieux. Et il se fera traiter d'orgueilleux, de mégalomane qui sacrifie tout le monde à ses appétits. Ce sera encore de la chance si elle ne lui rappelle pas ses maîtresses, comme si un homme comme lui pouvait se contenter d'une seule femme, d'une femme aux chairs molles, avec des prétentions d'intellectuelle ! Ça ne rate jamais. Quand ils parlent argent, une mauvaise fatalité les oblige à vider leur sac. Toutes ces vieilles rancunes que rien, encore, n'a pu trancher et qui refleurissent, toujours plus vivaces. Seulement, désormais, il n'aura plus jamais le dernier mot. Et, s'il veut quitter la place, une voix lui criera : « Pas par là ! Il y a le mur ».

— Ecoute, Christiane...

— Oh ! c'est inutile. Je vois que les folies vont recommencer !...

Comment peut-on avoir une voix si raide, si hargneuse ? Elle lui en veut d'être devenu ce qu'il est : un homme qu'il faut tenir par la main, qu'il faut nourrir, surveiller comme un gamin. Elle qui déteste les enfants et qui, sans doute, n'a eu Gilberte que par surprise. Mais, déjà, elle lui en voulait avant. Pour mille raisons vagues : parce qu'il est sorti des Arts et Métiers et non de Centrale, comme son premier mari, parce que son père était forgeron et que sa mère faisait des journées. Au fond, parce qu'il est d'une autre race. Elle emploie souvent un mot drôle pour exprimer tout cela et beaucoup d'autres choses. Elle le traite d'autodidacte. Pauvre Christiane ! Il la méprise bien un peu, de son côté. Il est rude, soit. Peut-être grossier. Mais il a déjà derrière lui une dizaine de brevets d'invention. Il est ignorant, d'accord. Mais il crée. Alors, qu'on ne vienne pas le chicaner bêtement.

— Ce sont des folies qui rapportent, dit-il au bout d'un moment. L'avez-vous vue, ma lampe ?

— Oui.

— Eh bien, elle ne vous plaît pas ?

— Je n'y connais rien. Et puis, la question n'est pas là. Croyez-vous que le moment soit bien choisi pour prendre des risques ?

— Vous pensez sérieusement que je suis hors de combat ?

— Non. Mais hors d'état, temporairement, de donner un coup de collier. Je ne suis pas ingénieur, moi, mais j'ai assez de jugeote pour comprendre qu'une affaire comme celle que vous voulez entreprendre, une affaire qui met en question tant d'intérêts, ne s'improvise pas. Il faut voyager, rencontrer beaucoup de monde, discuter, veiller. Vous n'y tiendrez pas. Ne vous entêtez pas, Richard. Si vous pouviez vous voir...
— Ça va. N'insistez pas.
— Vous avez maigri... Il faut bien vous dire la vérité. Dans votre intérêt.
— Oh! mon intérêt... C'est sans doute à cause de mon intérêt que vous vous appliquez à me démontrer que je suis un type fini?
— On jurerait, mon pauvre ami, que vous cherchez à vous faire mal. Connaissez-vous beaucoup d'hommes qui seraient capables de reprendre leur travail cinq mois après un accident comme le vôtre? Allons! Pas un seul. Vous vivez, c'est déjà bien beau.

Il fait le tour de la table, cherche la porte du hall.
— Où allez-vous? demande Christiane, inquiète.
— Dans ma chambre. Ne vous dérangez pas. Je connais le chemin.

Il n'est pas en colère. Il est seulement résolu à écrire à Lauthier. A exiger la vérité, d'homme à homme. Lauthier peut se tromper. Il se trompe même certainement. On ne devient pas gâteux parce qu'une grenade vous a arraché les yeux. Et si Lauthier avait des confidences à faire, ce n'était pas à Christiane, ni à Hubert.

Hermantier gravit l'escalier de chêne ciré. Sa chambre est là, c'est la première à gauche. Ils font chambre à part, depuis l'accident. Il s'enferme chez lui, allume une cigarette, retire sa veste, sa cravate. Sans se tromper, il marche jusqu'à sa table de travail, devant la fenêtre ouverte. La mer est là-bas, derrière la dune couverte de chardons. Christiane, qui prend tellement soin de sa santé, n'a pas encore songé à l'emmener sur la plage. Il est vrai que, si elle lui en faisait la proposition, il refuserait. Mais il se sentirait moins sombre, moins lourd. Il s'assied, tire une feuille et mesure la difficulté de la tâche. Est-ce qu'il y a seulement de l'encre dans son stylo? Il essaye la plume sur le dos de sa main et, ensuite, lèche sa peau. Il reconnaît le goût un peu acide de l'encre.

Mon cher Lauthier...

Pas moyen de savoir si les caractères ne se chevauchent pas, si les mots se suivent sur la même ligne. Il prend une règle, la pose en travers du papier pour avoir un repère.

Je vous écris de La Bourrine...

Il est perdu. Il s'aperçoit que sa plume arrive déjà au bord droit de la feuille. Les signes qu'il trace avec tant de peine sont probablement indéchiffrables. Une écriture d'aliéné. Lauthier sera épouvanté. Il s'acharne, pourtant, descend un peu la règle le long du papier, en la soulevant pour ne pas étaler l'encre, continue.

Je crois être en parfaite santé...

Il a le malheur de relever la main, parce qu'il cherche la suite de sa phrase, et voilà qu'il se demande où s'arrête la ligne qu'il vient d'écrire. Où faut-il reprendre ? Il vaut mieux continuer un peu plus bas. Son front se mouille de sueur. Ses mains aussi sont humides mais, s'il les essuie, il ne pourra plus s'y reconnaître, ensuite, et sera obligé de tout recommencer.

Cependant ma femme prétend...

Impression que c'est le stylo qui conduit la main et qu'il va où il veut. Hermantier, comme un myope, a le nez sur le papier. Il respire bruyamment tous les trois ou quatre mots.

... que les plus grandes précautions sont encore nécessaires.

Il faudrait se relire. Sa pensée semble le fuir. Il a déjà oublié le début de sa lettre. Et l'enveloppe ! Il n'a pas songé à l'enveloppe. Il imagine l'effroyable écriture, la suscription monstrueuse, délirante, semée de pâtés. Et qui voudra poster une pareille lettre ? Clément ? Marceline ? Ils en feront des gorges chaudes. Christiane ? Non, assez de scènes. D'ailleurs, Lauthier n'est plus à Lyon. N'a-t-il pas l'habitude de passer le mois de juillet en Suisse ?

Hermantier froisse la feuille, la bouchonne, la déchire. Il faudra donc attendre ! Il retire ses lunettes, passe son mouchoir sur les orbites vides que la sueur brûle. Doucement, il palpe son front, ses tempes. C'est fini. Il ne souffre plus. Il se sent comme autrefois, lucide, plein d'allant. Alors, qu'est-ce que Lauthier redoute ? Le choc a été effrayant, c'est indiscutable. A croire que sa tête faisait explosion, s'en allait en éclats de feu, se vaporisait dans une lueur de foudre. Pendant plusieurs jours, il est demeuré hébété, sans un souvenir, comme une énorme masse de chair sans âme. Ensuite, il lui a fallu recoller son passé par fragments. Sa mémoire était devenue semblable à un album de photos mélangées. Mais son crâne de Morvandiau avait tenu bon, lui. Chez les Hermantier, on n'a pas l'habitude de faire des embarras pour un coup dans la figure. Evidemment, l'accident est arrivé à un mauvais moment, juste après le surmenage d'un hiver consacré à mettre au point la lampe. Evidemment, il n'est pas non plus facile d'être tous les jours de bonne humeur, surtout quand on a déjà un caractère ombrageux et porté aux idées noires. Pourtant, on ne jette pas au rebut, à la ferraille, un homme de quarante-six ans sous le prétexte qu'il est aveugle !

Hermantier repousse sa table. Il a tort de remâcher sans fin les mêmes soucis. La neurasthénie, la *dépression,* comme dit Christiane, c'est peut-être cela ? Il tâtonne jusqu'à son lit, s'étend paresseusement. Une existence de repos, de flânerie, non, il n'admet pas une destinée aussi lamentable. Il tourne le bouton du nouveau poste de radio, un énorme Philips qu'on a installé dans sa chambre, et cherche, en bâillant, une station. Toujours de la musique ! Il n'entend rien à la musique. Il bâille encore. Il est un peu fatigué, malgré tout. Clément a dit quelque chose de bizarre : « Il y en a peut-être d'autres qu'il faudrait accuser ». Est-ce exactement ce qu'il a dit ? Un jazz succède à la chanteuse. Hermantier somnole. Il entend, très loin, une voix qui récite le bulletin météorologique... « Un courant d'ouest perturbé..., quelques pluies éparses sur la Bretagne et la Vendée... » Il a le temps de songer que la météo s'est, une fois de plus, fichue dedans. Il part à la dérive... et soudain ses yeux s'ouvrent. Il voit des rues, des jardins, des couleurs.

Il rêve.

CHAPITRE III

Ce fut le lendemain que tout commença. Ou peut-être le surlendemain. Pourtant non, puisque Maxime était arrivé la veille. Et cela, c'était un point de repère absolument sûr. Le seul, car les jours passaient, passaient tellement pareils qu'il n'y avait plus moyen de s'y reconnaître. Et d'ailleurs, à quoi le calendrier aurait-il servi ? Hermantier se sentait égaré au cœur d'un dimanche interminable et mélancolique. En tout cas, Maxime était arrivé la veille et son premier mot avait été inconsciemment cruel.

— Tu n'as pas une mine très brillante, vieux !

C'était le mot vieux qui avait blessé Hermantier. Maxime n'était son cadet que de quatre ans. Mais il l'avait toujours considéré comme un gamin. Il était son parrain. Et voilà qu'à la première occasion favorable, Maxime marquait son indépendance, prenait même une espèce de ton protecteur. Hermantier aurait dû réagir. Il n'avait pas réagi et il s'était retiré de bonne heure, dans sa chambre, mécontent, nerveux, vaguement inquiet. Il était resté longtemps près de la fenêtre, écoutant les premiers grillons. Christiane et

Maxime bavardaient en bas, baissant la voix pour ne pas le déranger. Puis ils s'étaient couchés, à leur tour. Plus tard, quelqu'un avait marché dans le jardin, et Clément avait dit en soupirant d'aise :

— Quel beau clair de lune !

Comment des mots, de simples mots de tous les jours, pouvaient-ils faire tant de mal ? Hermantier s'était déshabillé et jeté sur son lit, le nez contre le mur, pour ne plus penser au clair de lune qui devait tracer, dans la chambre, une grande diagonale bleue. Il dormit peu, attentif à tous les bruits, guettant les heures au clocher de l'église du bourg. Elles tombaient une à une, lointaines, et l'air était tellement sec que leurs vibrations voyageaient longtemps, très longtemps, de plus en plus ténues, avant de s'éteindre. Il n'avait jamais remarqué, auparavant, à quel point le timbre des cloches était musical. Les grillons aussi paraissaient plus nombreux. La nuit était pleine de leur cri minuscule, tremblotant, répété à l'infini. Hermantier se retournait. Il avait trop chaud. Il regrettait Lyon. Il n'arrivait pas à comprendre pourquoi, d'ailleurs. Il était tellement mieux installé ici. Mais justement, il était trop bien. Ou plutôt, la saison était trop belle. Au fond, s'il avait acheté cette villa en Vendée, c'était pour retrouver le climat de Lyon, les petits crachins de l'aube, les soirs brouillés, le vent humide qui charrie des nuées. Ce qui le troublait, ce qui le fatiguait, c'était le soleil. Il était là, dès le matin, ronflant d'insectes. Il fallait fermer les volets mais on le sentait tout autour des murs ; les parquets craquaient ; les étoffes collaient à la peau et l'eau avait un goût de mare. Hermantier songeait sérieusement à retourner à

Lyon. Il aurait sans doute aussi chaud là-bas, mais, près de son usine, il oublierait cette fête quotidienne de la lumière qui finissait par lui serrer le cœur.

Il s'endormit.

Le lendemain, il en eut soudain assez de son costume de flanelle ; un costume trop chic, dont le pantalon au pli soigneusement repassé commençait à l'agacer. Il chercha, dans la penderie, ce qu'il appelait son costume d'émigrant, une vieille culotte avachie et une veste informe. Il était à son aise dans cette défroque, et il rigolait quand Christiane lui disait : « Si tu veux te déguiser, passe par l'entrée de service. » Tout d'abord, il crut qu'il s'était trompé : le pantalon ne tenait plus à son ventre et la veste flottait sur sa poitrine. Il fouilla ses poches, et il trouva tout de suite son vieux couteau de pêche, les bouts de ficelle, le bric-à-brac dont il aimait à s'encombrer en vacances. Mais alors ?... Il avait donc tellement maigri ! Il avait perdu combien ? Cinq, six kilos ? Il pouvait presque passer le poing entre ses flancs et la ceinture du pantalon.

— C'est impossible ! songea-t-il. Je déraille !

Et il palpait machinalement ses côtes, ses hanches, cherchant les saillies des os. S'il avait maigri à ce point, à Lyon, déjà, il aurait dû... Mais ses deux complets gris avaient été faits sur mesure, au mois de juin, pendant qu'il était encore à la clinique. Il se rappelait, maintenant, les conciliabules entre Christiane et Hubert, les réticences de Blèche, lorsqu'il l'avait interrogé, l'autre matin, le ton forcé de Maxime s'exclamant : « Pour un grand blessé, tu te défends plutôt bien ! ». Pardi, Lauthier leur avait passé la consigne. « De l'optimisme, hein !... Qu'il ne se doute surtout pas... » C'était donc grave ? Ce n'était pourtant pas l'appétit qui lui manquait. Jamais un vertige, jamais une faiblesse. Sauf, peut-être, quand il avait l'impression que quelque chose allait surgir, se jeter sur lui. Mais cela, c'était la suite normale de la blessure, non ?

— Maxime !

Il appelait, de toute sa force et, malgré lui, un peu d'angoisse perçait dans sa voix.

— Maxime, écoute !

Il y eut, dans le couloir, un bruit de savates traînées, puis Maxime ouvrit la porte.

— Eh bien, mon vieux, quoi ? Qu'est-ce qui t'arrive ?

— Maxime, tu vas me dire la vérité tout de suite. Oui ou non, est-ce que je suis foutu ?... N'hésite pas. Ne réfléchis pas. Allez, parle !

Maxime éclata de rire et Hermantier, penché en avant, une main retenant son vieux veston élimé qui bâillait, interrogeait ce rire, essayait d'en pénétrer la sincérité, d'en mesurer la spontanéité. Maxime riait pour gagner du temps. Il allait, encore une fois, mentir par charité.

— Foutu ? dit Maxime. Quelle idée !
— Et ça, cria Hermantier. Ça ?

Il tirait sur sa veste, puis la croisait comme un pardessus, et il sentit que sa bouche tremblait de colère, de honte et d'impuissance.

— Eh bien, dit Maxime. Tu as un peu maigri.
— Un peu !
— Oh ! Ne dramatise pas. Ça va revenir.

Hermantier tendit la main, croyant saisir son frère, mais il ne rencontra que le vide et il serra le poing.

— Maxime... sois franc! Tu crois que je n'entends pas vos chuchotements... que je n'interprète pas vos silences! Il y a quelque chose. On me cache quelque chose... quelque chose que personne n'a le courage d'avouer. C'est donc tellement monstrueux!... J'ai le droit de savoir, à la fin!

— Puisque je te dis que tu n'as rien, bon sang! Si tu te démolissais moins le tempérament, avec tes usines, tes lampes et tout le bataclan, tu serais déjà retapé. Seulement, toi, tu n'es pas comme tout le monde. Si tu avais été le Bon Dieu, tu aurais inventé un travail spécial pour le dimanche. Qu'est-ce que c'est encore que cette histoire dont m'a parlé Christiane? Tu veux rentrer à la fin du mois? Tu ne peux donc pas rester ici bien tranquille?

Hermantier s'assit sur son lit, un peu rassuré. Non, Maxime ne mentait pas. Il était familier, gouailleur, trop sûr de lui, comme toujours, mais Hermantier, ce matin, avait besoin d'être un peu rudoyé.

— Bien obligé de travailler, grommela-t-il. Si tu crois que je ne comprends pas pourquoi tu viens passer l'été ici? Tu es encore nettoyé... Tiens, prends une cigarette. Le paquet doit être sur la table de nuit... En valait-elle la peine, au moins?

Maxime rit sans contrainte. Ce n'était pas sa première confession et Hermantier, malgré ses airs sévères, était secrètement complice.

— Pas mal, avoua Maxime.
— Dis-moi tout. Encore une fille de brasserie? C'est du propre.

— Pardon, pardon ! Une artiste... Elle fait partie de la troupe Mallard, alors, tu vois...

— Une doublure.

— Elle ? Jamais de la vie. Elle joue le classique, mon vieux.

— Dis donc, Maxime, un peu de respect, s'il te plaît. Je ne suis pas ton vieux... et je me demande pourquoi j'écoute toutes tes sottises.

— C'est toi qui m'as interrogé.

— Admettons ! Elle t'a coûté cher ?

— Encore assez.

— Evidemment ! Une artiste, ça se paye.

— Comme si tu en savais quelque chose.

Hermantier sourit.

— Canaille ! murmura-t-il. Tu viens te refaire ici. Cet engagement à La Baule, c'est de la blague, naturellement.

— Non, pas tout à fait. Si j'avais voulu... Mais je n'ai plus le cœur, depuis qu'elle a filé.

— Et tu supporterais mieux ton chagrin si tu étais moins à sec.

— Beaucoup mieux, oui.

— Trente mille, ça irait ?

— Ça me permettrait d'attendre... en calculant beaucoup. Et ce n'est pas mon fort, le calcul.

— Trente-cinq mille. Pas un sou de plus. Prends mon chéquier... dans le patalon gris. Tu crois vraiment que, si je me repose bien, si je me surveille ?...

— Oui, et surtout si tu n'es pas tout le temps en train de ruminer les mêmes idées... si tu laisses ton cerveau en paix ! Il doit être racorni comme une petite noix, ton cerveau, depuis que tu en tires du jus... Si je me remets un peu au saxo, ça ne te flanquera pas les nerfs en pelote ?

Hermantier haussa les épaules.

— Puisque tu en feras quand même à ta tête ! Ça doit bien t'arranger, ce saxophone ! Si tu crois que je ne t'entends pas tousser ! Allez, donne ce chèque, que je le signe. Et maintenant, dehors. Laisse-moi finir de m'habiller.

— Merci, dit Maxime. Au fond, malgré tes mâchoires d'ogre, tu es un tendre, tu sais, Richard.

— Tonnerre ! Vas-tu me ficher le camp !

Il se leva, retira sa défroque qu'il jeta en tas dans la penderie. Il se sentait mieux. Maxime avait raison. Pas de surmenage. Pas d'effort inutile. Surtout, pas d'irritation. Il passa dans sa salle de bains, pour se raser. Encore une chose qui le mettait régulièrement hors de lui. Pourquoi s'obstinait-il à se servir de son rasoir mécanique ? Par bravade ! Pour ne pas changer une habitude. Et, chaque matin, la même lutte sournoise recommençait. Le blaireau tombait dans l'eau chaude ; le savon s'égarait sur la tablette de verre. Cette ridicule bataille de tous les instants le minait. Cependant, une fois de plus, à tâtons, il se rasa, grognant comme une bête malade. Quand il descendit, il était furieux.

— Le déjeuner de Monsieur est prêt, dit Marceline.

Il n'y avait pas une heure de la journée qui ne fût pourrie, décidément ! Autrefois, le petit déjeuner était une cérémonie dont il aimait le charme intime. Joie de respirer l'odeur du café. Joie de beurrer le pain chaud. Joie de déplier le journal du matin. Un coup d'œil aux gros titres, un coup d'œil à la bourse, un autre aux faits divers. Le pain craquait sous la dent; le café était puissant, un peu gras. Ensuite, la cigarette, pendant que la vieille Blanche apportait la gabardine, le chapeau, les gants... Nom de... C'était ça, la vie! Maintenant...

— Si Monsieur veut s'asseoir...
— Laissez! Je suis tout de même capable de m'asseoir tout seul!

Hermantier trouvait les tartines à sa gauche, le sucrier à sa droite; pour un peu, on lui eût noué sa serviette au cou. Il baissa le nez sur sa tasse, mangea vite, comme un enfant coupable, n'ayant plus qu'une idée : sortir, se réfugier sur la véranda où, au moins, quand il était étendu sur sa chaise longue, il avait une apparence décente.

Le soleil chauffait déjà fort. Les gouttes du tourniquet installé au bord de l'allée crépitaient, d'instant en instant, sur le ciment, avec un bruit doux. Clément fendait du bois, derrière la maison, sur la marche de l'office. « Je devrais être bien », pensa Hermantier. Il palpa ses joues, son cou. Si seulement il avait pu, rien qu'une seconde, se voir dans une glace! Les doigts, même les plus déliés, ne peuvent apprécier l'affaissement de la chair autour de la bouche, à plus forte raison la décoloration maladive de la peau, près du nez ou au voisinage des pommettes. Il soupira, laissa pendre ses mains, puis, d'un geste brusque, tâta son alliance. Elle ne jouait pas, le long de la phalange. Au contraire, elle formait toujours la même dépression, à la base de son annulaire robuste et velu. Pourtant, ce sont les mains, d'habitude, qui maigrissent les premières. D'habitude, oui. Les mains des autres, oui. Mais lui ? Etait-il comme les autres ? « Vous revenez de loin », avait dit Lauthier. Au diable, Lauthier !

Il s'installa aussi commodément que possible. Alors, il entendit, sur les carreaux de la véranda, un grattement à peine perceptible. Cela s'éloignait, revenait, s'arrêtait. Dieu, la bonne surprise ! Hermantier se dressa sur un coude, appela :

— Rita ! C'est toi, Rita... Viens, ma belle !

Un miaulement pointu lui répondit.

— Approche donc. Ce sont mes lunettes qui te font peur ?

Il enleva ses lunettes. Il ne craignait pas de se montrer à la chatte. D'un bond, elle fut sur lui et, tandis que son dos s'arquait sous les caresses, elle piétinait lentement, voluptueusement, le ventre d'Hermantier, poussant un râle léger et doux comme un roucoulement.

— Toi aussi, mon pauvre lapin, tu as maigri. Quelle pauvre petite bête de misère !

Les mains nerveuses d'Hermantier pétrissaient la chatte, lui grattaient la nuque, lui couchaient les oreilles. Elle se laissa tomber sur le flanc, souleva sa cuisse pour laisser les doigts nerveux descendre vers ses mamelles, là où le poil devient un duvet soyeux qui cache à peine la peau moite.

— Ma vieille Rita ! Tu as senti que j'étais là, hein ! Je suis joli, oui. J'ai sans doute l'air d'un hibou, tu ne crois pas ?

Il n'avait pas besoin de ses yeux pour voir Rita. Il savait qu'elle était blanche avec d'affreuses taches jaunes. Christiane l'appelait : la Rouquine. Pendant les vacances, elle quittait sa maison du bourg, une sorte d'épicerie-buvette-bureau de tabac, située à près d'un kilomètre, et venait s'installer à la propriété, humble, obstinée, avide de caresses. Elle suivait Hermantier partout et jusque sur la grève. Il l'aurait emportée à Lyon, si Christiane n'avait pas détesté les bêtes.

— Ma bonne Rita ! Tu n'as plus que la peau sur les os, ma parole !

Sa main tâtait l'échine grêle et saillante, la queue semblable à une corde à nœuds. Et soudain il sursauta, faillit jeter la chatte sur le sol.

— Marceline !

Il se cramponnait aux montants de sa chaise, plein de dégoût, comme s'il eût découvert sur ses genoux une portée de vipères.

— Voilà ! Monsieur.

— Marceline... Ce chat, là, sur moi... Comment est-il ?

— C'est une chatte, Monsieur.

— De quelle couleur ?

— C'est une chatte grise.

— Vous êtes sûre ?

Malgré son désarroi, il eut conscience qu'elle souriait de mépris. Mais cela lui était bien égal.

— Grise, avec des taches ?

— Non, Monsieur.

— Elle n'a pas de taches... rousses ?

— Non, Monsieur. C'est une petite chatte un peu angora.

— Elle a la queue coupée, n'est-ce pas ?

— Oui, Monsieur.

— Chassez-la.

— Monsieur veut que...
— Chassez-la... tout de suite !

Il n'avait pu s'empêcher de crier. La bête, effrayée, sauta sur le sol et il entendit Marceline qui courait en frappant dans ses mains. Il eut de la peine à s'apaiser. Son cœur cognait à grands coups. Ainsi, n'importe quel chat... Il ne pouvait plus reconnaître !...

Il voulut se dresser et il eut l'impression que le mur était là, devant lui. Ce fut si intense qu'il leva son coude pour se protéger et retomba sur sa chaise longue. Marceline revenait.

— Elle est partie, dit-elle. Monsieur a eu peur quand cette bête a sauté sur lui. Ce n'est jamais agréable, quand on ne s'y attend pas.

— Vous l'empêcherez de revenir, murmura Hermantier. Je ne veux plus que cette chatte entre ici.

Il remit lentement ses lunettes. Ses doigts tremblaient encore un peu. Là-haut, le saxophone de Maxime se mit à jouer une phrase joyeuse et la maison se recomposa : la véranda, le salon, la salle à manger, la bibliothèque. De nouveau, Hermantier entendit crépiter les gouttes du tourniquet... L'absurde scène ! Croire qu'on caresse un chat qu'on aime et, tout à coup, s'apercevoir que ce qui est là, contre soi, c'est... c'est n'importe quoi ! Du faux, de l'imitation, de l'illusion. Hermantier frotta longuement ses paumes sur les accoudoirs de la chaise. Cela lui faisait du bien de sentir que le bois était vraiment du bois, que les choses, autour de lui, n'avaient pas trahi.

Les talons de Christiane claquèrent dans le hall.
— Marceline ! Où êtes-vous, encore ?

Ils piétinèrent furieusement sur le pavé de la cuisine, puis s'approchèrent de la véranda.

— Bonjour, Richard. Marceline n'est pas ici ?

— Elle était là à l'instant, dit Hermantier.

— Je suis furieuse après elle. Je viens de la voir, de ma fenêtre, qui pourchassait Rita.

— Rita ?

— Oui. La Rouquine.

— Vous avez vu Rita ?

— Je pensais même qu'elle était venue vers vous. Ce n'est pas que je l'aime beaucoup, mais je ne veux pas qu'on l'effraye. Evidemment, Marceline ne sait pas... Elle est nouvelle... Ce n'est quand même pas une raison...

— Vous êtes certaine que c'était Rita ?

— Voyons !

— Madame a besoin de moi ? dit Marceline qui arrivait de la buanderie.

— Ah ! vous voilà !

— Attendez, Christiane, dit Hermantier. Marceline, voulez-vous dire à Madame de quelle couleur était la chatte qui est entrée ici.

— Elle était toute grise.

— Grise ? fit Christiane.

— Et c'est bien cette chatte grise que vous avez chassée dans le jardin ? reprit Hermantier.

— Oui, Monsieur.

— Vous êtes folle, cria Christiane. C'était Rita.

— Non, murmura tristement Hermantier. Ce n'était pas Rita. Je le sais. Marceline, voulez-vous nous laisser, je vous prie.

Il y eut un silence. Le saxophone délirait à voix basse. Il finit par se taire.

— Si j'avais su, dit Christiane. On croit bien faire, et puis...

— Mais je ne vous reproche rien.

— Rita s'est fait écraser, la veille de notre arrivée. Je n'ai pas voulu vous le dire. Tout à l'heure, quand j'ai aperçu cette bête, j'ai espéré que...

— Je comprends bien, Christiane. Je comprends bien. Vous avez menti pour ne pas me faire de la peine.

— Menti ! Le mot est un peu fort.

— Disons, si vous préférez, que vous avez arrangé la vérité, comme si j'étais un grand malade à la merci de la moindre secousse... C'est gentil, cela, Christiane. Seulement, je ne suis pas un grand malade.

Il sentit son parfum, plus près de lui, et le fauteuil d'osier craqua quand elle s'assit. Elle respirait vite.

— Richard, murmura-t-elle. Je ne voudrais pas vous tourmenter... Il ne faut pas que vous preniez au tragique ce que je vais vous dire...

Il avait moins souffert quand il était tombé, la tête la première, dans la flamme éblouissante.

— Vous nous avez donné bien des inquiétudes... au début... juste après l'accident... Pendant plusieurs jours, on vous a cru... enfin, le docteur parlait de confusion mentale... Heureusement, ça n'a pas duré... Si tout va bien, comme nous l'espérons, eh bien...

Elle essaya de rire et ce fut lamentable.

— Le docteur nous a recommandé de ne pas vous contrarier, de ne jamais vous contrarier, poursuivit-elle, de vous assurer le repos le plus total, d'organiser votre vie exactement comme si... comme s'il n'y avait jamais eu d'accident... C'est pourquoi, pour la chatte...

— N'insistez pas, coupa Hermantier.

Il passa les mains sur son visage, comme pour toucher encore une fois cette partie de lui-même qui, peut-être, ne lui appartenait déjà plus.

— Vous ne m'en voulez pas ? demanda Christiane.

— Ma pauvre amie ! fit Hermantier.

Il chercha la main de sa femme. Après tout, peut-être avait-il toujours été injuste avec Christiane. Il savait, maintenant, que les craintes de Lauthier n'étaient pas vaines. Quand il avait, tout à l'heure, découvert subitement que ce qu'il caressait sur ses genoux... l'impression avait été effrayante. Pourtant, un chat vaut un autre chat. Pourquoi avait-il ressenti une telle terreur ? Pourquoi, surtout, s'était-il senti menacé par cette chose inconnue qui semblait avoir usurpé la forme de Rita ? Il y avait donc, en lui, un autre Hermantier aux réactions imprévisibles, aux angoisses soudaines ? Déjà, sa phobie du mur avait une signification redoutable. Il ne pouvait plus faire un mouvement, sur sa chaise longue. Il commençait à se haïr.

— Dommage, murmura-t-il, que vous n'ayez pas pensé à prévenir Marceline. Elle m'aurait dit que la bête était blanche et rousse et j'aurais été rassuré. J'aurais bien imaginé tout seul une explication plausible pour la queue coupée.

Il rumina un moment cette idée, sans lâcher la main de Christiane. Drôle d'idée ! Ainsi, il aurait pu caresser n'importe quelle horrible bête, du moment qu'il croyait que c'était Rita, c'était bien Rita. Aucune différence entre le faux et le vrai, l'imaginaire et le réel. Une idée de malade !

Il serra violemment la main de Christiane.

— Je t'en prie, dit-il en reprenant le tutoiement d'autrefois, il ne faudra plus jamais me mentir, même pour me faire plaisir. J'ai besoin de tes yeux, tu comprends, et de ceux de Maxime, de vos yeux à tous. Autrement, je ne sais pas ce qui va m'arriver. Et il faut que je tienne le coup. Il le faut absolument. Dans un mois, deux au plus tard, je dois retourner là-bas.

Christiane dégagea lentement sa main et se leva.

— Je vais à La Rochelle, dit-elle. Vous n'avez besoin de rien ?

Non ! Hermantier n'avait plus besoin de rien. Ni de cordes pour ses filets, ni d'hameçons pour ses lignes, ni de graines pour le jardin.

— Rapportez-moi un rasoir électrique. J'en ai assez de me massacrer la figure.

Un rasoir électrique, ce serait un jeu, pendant quelques jours. C'était aussi une petite capitulation, un pas vers la résignation. « Il faut bien que je m'habitue », songea Hermantier.

— Achetez des liqueurs, ajouta-t-il, des apéritifs, du Pineau. Hubert doit aimer le Pineau. Qu'il n'ait pas l'impression de tomber dans une cambrousse, quand il arrivera !

Le saxophone recommença son futile bavardage, coupé de ricanements, et Hermantier ne put entendre démarrer la Buick. Tout cela n'avait plus d'importance, d'ailleurs. Il n'avait plus besoin de voiture. Il était juste bon à marcher dans une allée de jardin, à tout petits pas, comme un vieillard frileux.

— Si Monsieur voulait se pousser un peu, dit Marceline. Il faut que je nettoie la véranda.

Hermantier se mit debout, lourdement.

— Pour la chatte, Marceline... je vous remercie.

Il avait de la difficulté à se la représenter, brune, petite, délurée... Il ne pouvait pourtant pas la toucher, faire courir ses mains sur elle.

— Encore une question, Marceline... Regardez-moi... Franchement, est-ce que j'ai beaucoup changé depuis la première fois que vous m'avez vu ? Est-ce que je suis... très maigre ?

— Mais pas du tout, fit-elle. Monsieur est toujours le même.

— Exactement le même ?

— Mais oui... exactement.

— C'est bon, dit Hermantier avec lassitude.

A elle aussi, on avait fait la leçon. Alors, comment savoir ? Il se dirigea, en hésitant, vers la porte, descendit la marche. Le jet du tourniquet lui arrosa les jambes. Il avait oublié tous les pièges du jardin.

CHAPITRE IV

Ils avaient dîné dehors, à quelques pas de la véranda. L'air était moite et, de loin en loin, un grondement roulait du côté de la mer.

— Mes enfants, dit Maxime au dessert, vous feriez bien de rentrer. Le temps n'est pas beau.

— Vous n'êtes pas trop lassé par ce voyage? demanda Christiane à Hubert.

— Complètement rompu, avoua Hubert. Cette ligne Lyon-La Rochelle est décidément impossible.

Il aurait pu venir en voiture, mais il conduisait mal, et il était trop pingre pour se payer un chauffeur.

— Bonsoir, dit Maxime. Je vais fumer une cigarette sur la plage et après, au dodo... Non, ne vous dérangez pas.

Hermantier ne fit pas attention à ce départ. Depuis un moment, il essayait de retrouver une odeur qu'il avait cru respirer tout à l'heure. Ce n'était pas celle des œillets, ni celle du gazon humide et de la terre chaude. Cela venait de plus loin. De la lande, peut-être? Ou du jardin voisin. Quelque chose d'insolite, à coup sûr, et d'irritant comme un nom longtemps cherché, qui se dérobe.

— Appelez Marceline pour le café, dit-il.

Une seconde de silence, puis la sonnette retentit, une sonnette rageuse, qui fit accourir la domestique.

— Servez-nous le café, je vous prie, dit Christiane.

Elle était vexée. Parce qu'il lui avait donné un ordre. Parce qu'elle ne voulait pas recevoir d'ordre. Parce qu'il avait sa voix cassante des mauvais jours. Et pourtant il n'avait pas eu la moindre intention de la blesser, mais ils étaient tous les deux, depuis combien d'années, comme deux écorchés. Autrefois, Hermantier aurait levé les épaules et serait parti. Maintenant, il était obligé de rester et chaque mot comptait. Chaque silence, aussi. Leur vie commune commençait vraiment ; dans l'aigreur et la rancune.

Hubert ouvrit sa boîte de cachous. Hermantier sentit l'odeur piquante des réglisses. Il détestait cette odeur et encore plus le geste d'Hubert secouant la boîte ronde au creux de sa main. Est-ce qu'un homme mange des cachous ? Est-ce qu'Hubert était un homme ? Le tonnerre gronda, toujours à l'extrême bord de l'horizon.

— Fait-il encore jour ? demanda Hermantier.

Un silence, de nouveau. Peut-être échangeaient-ils un regard, par-dessus la table, avant de répondre.

— Encore un peu, dit Hubert poliment. Le ciel est très couvert, mais je ne pense pas que l'orage soit pour nous.

Il y eut un petit claquement sec, sur la nappe, et un rapide bourdonnement qui s'étouffait.

— Saleté ! grogna Hubert.

Sa chaise grinça, puis son pied écrasa quelque chose qui céda avec le bruit d'une coque qui éclate.

— Un cerf-volant, fit Hermantier. Un gros.
— Comment le savez-vous ? demanda Christiane.
— Au son.
— Curieux, murmura Hubert. Par moments, on jurerait que vous y voyez.

C'était dit gentiment et cependant Hermantier crut discerner dans ces mots une arrière-pensée qu'il chercha vainement à définir. Après tout, il se trompait sans doute, comme il se trompait, tout à l'heure, quand il s'entêtait à définir un parfum qui n'existait probablement pas. Il était énervé ; l'air était trop épais, trop sucré, plein d'effluves et de courants cachés. Hubert aurait déjà dû parler de l'usine, des affaires. Le dîner était achevé ; l'étiquette avait été respectée... Son impatience, ils ne la sentaient donc pas ? « Ils n'aiment pas mon travail, songea-t-il. Ma nouvelle lampe ne les intéresse pas. Ils vendraient aussi bien des godillots ou des sardines en boîtes. »

— Je ne voudrais pas m'occuper de ce qui ne me regarde pas, reprit Hubert, mais votre frère m'inquiète un peu... Il mange à peine... Il a l'air de vivre sur ses nerfs, positivement.

— Encore un qui maigrit, grogna Hermantier. Ma parole, nous sommes tous mûrs pour le tombeau.

Hubert reposa sa tasse, peut-être un peu trop brusquement.

— Excusez-moi, dit-il au bout d'un instant. Vous savez toute la sympathie que j'ai pour Maxime... Je serais désolé s'il lui arrivait quelque chose de fâcheux.

— Quoi ? Par exemple ?

— Mais justement... je n'en sais rien... Seulement, tout le monde, à Lyon, est au courant de ses... aventures. Il s'affichait encore, pas plus tard que le mois dernier avec une... une...

— Et alors ?... Quel rapport avec sa santé ?

— Peut-être aucun... Je le souhaite... En tout cas, Maxime a la tête d'un monsieur qui n'est pas dans son assiette. Est-ce vrai, Christiane ?

— Oui, dit Christiane d'un ton distrait.

A quoi pensait-elle ? En ce moment, Hermantier la revoyait de profil. Pourquoi de profil ? De face, elle était aussi belle. Semblable à une Junon, et aussi niaise. Un nez, un menton magnifiques, mais le front mesquin. On est impressionné par une femme ; on l'épouse par orgueil ou par timidité ; au fond, c'est la même chose. Et l'on découvre ensuite qu'elle n'est qu'une petite bête rapace et timorée, même pas sensuelle. Voilà ce qui les avait divisés. L'amour. Mal à l'aise, Hermantier s'épongea le front, s'essuya les mains.

— On ne peut empêcher les gens de causer, continuait Hubert. Vous avez une situation à défendre...

— Les gens, je m'en fous, dit Hermantier. Savez-vous ce qu'ils racontent, les gens, derrière mon dos ? Que je suis une brute qui a eu de la chance. Que si je n'avais pas rencontré la femme du directeur, je serais encore un petit ingénieur du bureau d'études. Et ils ajoutent, les gens, que je me casserai la gueule parce que je me prends pour un brasseur d'affaires et un grand monsieur. Et les ouvriers, Hubert, vous voulez savoir ce qu'ils disent entre eux ? Ils disent que je suis un salaud et un arriviste. Eh bien, mon cher ami, je les...

— Richard !

— Non. Je ne me fâche pas. Je veux dire simplement que Maxime a raison de s'amuser. Je souhaite qu'il s'amuse pour deux !

— Allons, Richard, dit Christiane. Qu'est-ce que vous avez, ce soir ?

Hermantier se tut brusquement. Si elle s'avisait de raconter à cet idiot d'Hubert l'épisode de la chatte !

— C'est sans doute le temps qui vous fatigue, fit Hubert.

— Mais je ne suis pas fatigué.

— Si vous le désirez, on peut remettre à demain l'examen de...

— Pas du tout. J'aime autant tout de suite. Vous avez les papiers ?

— Oui, si vous le permettez, je vais les chercher.

Hubert repoussa légèrement sa chaise. Tous ses gestes étaient mesurés, discrets. Son pas résonnait à peine sur le ciment.

— Il a l'air vexé, murmura Christiane. Vous faites exprès de le choquer.

— Comment est-il habillé ?

— Comment il est...

— Oui.

— Il a son complet noir.

— Je vois ! ricana Hermantier... Et vous ? Est-ce qu'on peut savoir ?

La voix de Christiane se modifia imperceptiblement.

— J'ai une robe blanche, avec un dessin en bas.

— Quel genre de dessin ?

— Une sorte de grecque.
— De quelle couleur ?
— Lie de vin.
— Je vois, répéta Hermantier, gravement.

C'était l'amour qui les séparait. Sa manière à lui de... Bon Dieu ! Dire qu'il souffrait encore. Il y avait des moments où il se sentait insulté, à la pensée qu'elle était incapable de s'émouvoir, de répondre à ses caresses. Si encore elle avait accepté... Si elle ne lui avait pas opposé sa morale étroite, bornée, stupide. Impossible de lui faire comprendre, sentir qu'elle était une femme morte.

Il passa son mouchoir sous ses lunettes. La sueur irritait ses cicatrices.

— Hubert a raison, dit Christiane doucement. Maxime est charmant mais, tout de même, il exagère. Avec Marceline, j'ai déjà surpris certains gestes...
— Quoi ? Quels gestes ?
— Il a passé l'âge d'avoir un chaperon... mais, sous notre toit...
— Eh bien, qu'est-ce qu'il fait, sous notre toit, comme vous dites ? Il la pelote ? Il va la rejoindre dans...
— Taisez-vous, Richard. On dirait que vous ne voulez pas comprendre.
— Ce n'est pas moi qui ai renvoyé Blanche.
— J'ai eu tort... comme toujours. N'en parlons plus. Seulement, pour cette fille, je trouve cela d'autant plus choquant que déjà, avec Clément... Vous savez ce que je veux dire.
— Je sais, coupa Hermantier. Je parlerai à Maxime.

— Ne lui dites pas que je vous ai prévenu. De quoi aurais-je l'air ?

— Je me le demande, en effet. Vous avez déjà mis Hubert au courant ?

— Oh ! juste deux mots... pour qu'il évite toute réflexion maladroite. Maxime est tellement susceptible.

— Vous lui confiez beaucoup de choses, à ce brave Hubert.

— Il est toujours prêt à nous rendre service.

— A-t-il l'intention de rester longtemps ?... Non, ne vous méprenez pas... Je n'ai aucune intention d'être désagréable. Il peut rester aussi longtemps qu'il voudra... Je pose simplement la question pour savoir qui le remplacera, au bureau.

— C'est Courcel qui fait l'intérim.

— Il aurait pu me prévenir. Courcel ! Pourquoi justement Courcel ?

— Il est bien, Courcel.

— Ma chère Christiane, j'ai la prétention de savoir qui doit ou ne doit pas remplacer Hubert... Autrefois, vous mettiez un point d'honneur à ignorer le nom de mes collaborateurs. Vous avez beaucoup changé.

Elle faillit riposter. Il attendait, jambes croisées, un bras jeté par-dessus le dos de sa chaise ; il ignorait que, dans la nuit tombante, il ressemblait exactement à l'homme qu'il avait été... avant la grenade... et Christiane, un peu saisie, observait en silence ces verres noirs qui la regardaient.

— Voilà Hubert, balbutia-t-elle, puis, soulagée, elle dit très vite, feignant l'enjouement :

— Je vous laisse... Vous n'avez plus besoin de moi.

Bonsoir tous les deux... Hubert, soyez raisonnable. Ne discutez pas trop longtemps. Richard doit se coucher de bonne heure.

Un peu de brise s'éleva et chaque feuille, chaque brin d'herbe se mit à bouger. Hermantier se redressa, respira avec précaution, retenant l'air tiède et fruité au fond de son nez, de sa gorge, pour être bien sûr...

— Nous avons tous cherché, expliquait Hubert. Ce n'est pas facile d'inventer un slogan... Vous n'êtes pas bien ?

— Si, si... Marchez ! Je vous écoute.

Le parfum était là, mêlé à l'odeur des œillets, à celle des roses, à celle du gazon mouillé ; si subtil, si insolite qu'Hermantier n'osait pas prononcer son nom. Ce nom eût été trop dangereux. Il errait, au bord du doute et de l'angoisse, et la voix d'Hubert n'arrivait pas à traverser la nuit, la solitude et la détresse qui s'amoncelaient en lui...

— J'ai trouvé une formule qui ne me paraît pas trop mauvaise, disait Hubert. *Pour une bougie, un soleil.*

— Pardon ?

— Pour une bougie, un soleil. C'est un slogan comme un autre.

— On se foutra de nous, fit Hermantier d'un ton las. Bougie, c'est un mot ridicule.

— Alors, adressez-vous à un spécialiste. Il y a des gens dont c'est le métier d'inventer des formules publicitaires.

— J'ai pour principe de ne confier à personne ce que je peux faire moi-même, grommela Hermantier. Ma lampe, je l'ai bricolée tout seul, ou à peu près. La machine à découper les collerettes, c'est moi qui l'ai montée... Vous n'étiez pas encore à l'usine, Hubert. Nos tubes à fluorescence...

Il étendit ses grandes mains sur la table, paumes en l'air.

— ... ils sont sortis de là. Si j'avais pu, j'aurais fabriqué même les chaînes de montage. Alors, soyez sérieux ! Ce slogan, c'est notre affaire... Ou plutôt, c'est moi que ça regarde. Je m'en occuperai. J'ai assez de temps libre, en ce moment. Ce serait même déjà fait, si je n'étais pas obligé de...

Ses narines se dilatèrent malgré lui, humant le vent tiède qui venait de passer sur les chardons de la côte, les tamaris, les haies de chèvrefeuilles, les digitales...

— Est-ce que vous sentez ? acheva-t-il à voix basse et presque honteusement.

— Quoi ?

Evidemment, Hubert ne pouvait pas sentir. Hermantier soupira, tira une cigarette de sa poche.

— Rien, dit-il. Continuez... Est-ce que Cormerain vous a envoyé son devis ?

— Pas encore.

— Secouez-le ! On n'a pas idée ! Avec les congés payés, il faudra attendre le quinze septembre pour mettre les compagnons sur le chantier. Voyez où ça nous mène... Les pièces comptables, vous les avez ?

— Elles sont là.

— Donnez, que je signe.

Il se rapprocha de la table, dévissa son stylo.

— J'aurais pu allumer la lampe de la véranda, dit Hubert.

Hermantier haussa les épaules et signa les papiers. Il n'hésitait plus, maintenant. Il n'avait plus peur d'être grotesque. D'ailleurs, devant Hubert, il n'avait jamais craint d'être ridicule.

— Rien de neuf, en somme ?

— Rien, dit Hubert. Il n'y a plus personne à Lyon et je doute que le devis de Cormerain nous parvienne avant trois semaines. Même chose pour nos agents à l'étranger. Ils se bornent à expédier les affaires courantes.

— Qui est-ce qui vous remplace ?

— Courcel.

— Discutable. Je n'ai rien contre lui, mais c'est un mou. Il serait beaucoup mieux dans une administration que chez nous.

— Je ne suis pas de votre avis.

— Je sais. Vous êtes rarement de mon avis.

Hermantier posa ses coudes sur la table, appuya son menton sur ses mains croisées. Hubert allait-il, au moins une fois, se rebiffer ? Etait-ce la minute de vérité ?

— Vous ne rendez pas ma tâche facile, reprit Hubert. Dès que je propose quelque chose, immédiatement, vous proposez le contraire... Pardon ?

— Je ne dis rien.

Hubert semblait déjà au bout de son élan. Il poursuivit, d'une drôle de voix blanche :

— Courcel n'a pas beaucoup d'initiative, c'est exact. Mais pouvez-vous me citer, parmi vos collaborateurs, des gens qui en aient beaucoup, d'initiative ? Dès que quelqu'un veut faire un geste, vous le bridez. Et, s'il s'entête, vous vous débarrassez de lui. On finirait par croire que vous avez peur de rencontrer autour de vous des gens actifs, ambitieux... J'ai eu toutes les peines du monde à convaincre Courcel. J'ai dû lui promettre que personne ne lui ferait de reproches.

Hubert, tout en parlant, contemplait Hermantier avec incrédulité. Jamais il ne s'était aventuré aussi loin et Hermantier ne bougeait toujours pas. Il restait la tête un peu penchée, comme s'il écoutait une autre voix, un autre bruit venu du fond de la nuit.

— Courcel, dit Hubert, a bien voulu accepter mais il ne m'a pas cru ou, du moins, il ne m'a cru qu'à moitié. Je n'ai pas, là-bas, l'autorité qu'il faudrait parce que vous m'avez trop souvent désavoué...

Il sortit sa boîte de cachous et Hermantier l'arrêta d'un geste coupant.

— Ramassez-moi cette saleté, dit-il. L'odeur me gêne... Alors, où voulez-vous en venir ?

— Eh bien, mais... c'est très simple... Laissez-moi prendre mes responsabilités... les responsabilités qui me reviennent légitimement... que j'ai le droit strict d'assumer. Cela vous fait rire ?

— Oh ! non. Je ne ris fichtre pas. C'est votre façon de dire les choses qui... Bon, passons ! Et après ?

— Après... rien. C'est tout. Vous êtes agaçant, à la fin ! Je ne suis pas votre employé. Quand je vous ai apporté mes capitaux, vous...

Hermantier abattit son poing sur la table et se mit debout avec une telle vivacité que le bord de la table heurta Hubert à la poitrine. Hubert se leva à son tour.

— Vous allez un peu loin, Hermantier, fit-il d'une voix qui tremblait.

— Mais taisez-vous donc ! cria Hermantier.

Il respirait d'une manière saccadée et faisait face au jardin, la tête dans les épaules, l'air traqué.

— Vous ne sentez donc pas ? murmura-t-il. L'odeur des pins !... Maintenant, j'en suis sûr... Ça sent le pin... Essayez... sentez vous-même.

Hubert aspira un peu d'air, tout en regardant Hermantier avec méfiance.

— Oui, dit-il. Ça sent le pin.

Hermantier s'appuya à la table et son poids la fit grincer.

— Non, fit-il. Non... Inutile de me raconter des histoires pour me rassurer. Non.

Il détachait les mots avec une énergie désespérée.

— Non... Ça ne peut pas sentir le pin... Il n'y a pas de pins... à des kilomètres à la ronde... et vous le savez bien, Hubert.

Il se rassit lourdement, tâta du bout des doigts ses tempes, son front, enleva ses lunettes et palpa ses orbites où les cicatrices formaient de minces bourrelets sinueux.

— Je vous assure, dit Hubert... Il y a vraiment comme une odeur de pins... Ce n'est pas très net mais, moi aussi, je commence à sentir...

— Je vous remercie, Hubert... Vous êtes bien gentil, mais ce n'est pas la peine de faire comme si j'avais raison... Je n'ai pas raison. Je sens le pin et je me trompe, voilà tout... et vous n'y pouvez rien. Personne n'y peut rien... Voulez-vous me verser un peu de café ?

Un grondement plus proche roula longuement, s'acheva en molles détonations qui rebondissaient d'un écho à l'autre.

— C'est le temps qui est impossible, dit Hubert. Nous devrions rentrer.

— Tout à l'heure.

Hermantier semblait épuisé. Il avala son café en deux ou trois gorgées rapides, attendit un peu, remua une main devant son visage comme pour chasser d'invisibles mouches.

— Hubert... d'homme à homme... est-ce que j'ai beaucoup... changé ? Est-ce que j'ai l'air malade ? Vous qui ne me voyez pas tous les jours, vous devez mieux vous rendre compte.

— Vous semblez plus agité, plus nerveux... C'est exact.

— J'ai maigri, n'est-ce pas ?

— Oui.

— Merci, Hubert. Vous avez le courage, vous, d'être franc. Et tout à l'heure... ce n'est pas vrai... vous n'avez pas senti le pin ?

— Non.

— Voilà comme il faut parler.

— Vous avez tort, mon cher ami, d'attacher de l'importance à des détails qui sont...

— Laissez ! Laissez !... Bien sûr, ce ne sont que des détails... C'est entendu. J'accepte votre Courcel. Après tout, là encore, j'ai pu me tromper.

— Notez qu'il n'est pas trop tard pour le remplacer, si cela doit vous faire plaisir. Vous avez Mathias, par exemple.

— Je ne demande pas qu'on me fasse plaisir. Gardez Gourcel !... Emportez tout ce dossier, Hubert. Je vous donne carte blanche... Je crois, décidément, que je ne pourrai pas rentrer à Lyon, le mois prochain.

Bonsoir, Hubert. J'ai besoin de marcher un peu... Quelle heure est-il?

— Dix heures. Il fait complètement noir.

— Ça ne changera rien. Bonsoir.

Hermantier s'engagea dans l'allée. Il entendait Hubert qui traînait la table sous la véranda. Il entendait aussi, tout autour de lui, les grillons dans l'herbe. Une goutte de pluie, large, chaude, lui tomba sur la joue, descendit vers sa bouche. Il avançait, le corps un peu de biais. Il ne pouvait plus marcher autrement. A cause du mur. Et la nuit sentait le pin, puissamment. L'aiguille de pin; la pomme de pin, entr'ouverte, et qui bave sa résine. L'odeur de pin, maintenant, couvrait toutes les autres. Chaque inspiration était comme une blessure. « Ça va passer, se répétait-il. Ça va passer... C'est en train de passer! ». Le vent souffla quelques risées humides et le jardin sentit l'œillet, de nouveau, la rose fanée, la feuille moite. Voilà! C'était fini. La crise était terminée. Une autre bouffée, plus forte, apporta le roulement de l'océan, la senteur un peu fade des grèves à marée basse, des flaques, des goëmons gras. « Je suis pourtant toujours le même, songea Hermantier avec étonnement. J'ai l'impression d'être le même. Je serais capable de travailler, de calculer, peut-être même d'inventer! Et pourtant, je me trompe. Déjà, je me suis trompé, pour Rita. Et si je calculais, si je travaillais, Dieu sait ce qui arriverait! »

Il fit encore quelques pas, s'arrêta parce que, tout d'un coup il ne trouvait plus son chemin. Jusqu'où avait-il marché en ruminant ces pensées imbéciles? Du pied, il tâta, devant lui, autour de lui, comme autrefois, quand il allait chasser dans le marais et que le sol paraissait dangereusement spongieux. Il heurta, de la pointe du soulier, une bordure de ciment et s'orienta aussitôt. Il se trouvait à l'intersection des deux allées principales, à côté du pêcher, le petit pêcher de trois ans, qu'il avait planté l'an dernier. Christiane avait-elle pu protester ! Un pêcher au bord d'une plate-bande ! Et la symétrie ! Et qu'avait-on besoin d'arbres fruitiers ? On n'était pas des paysans. Les pêches, au marché, étaient plus belles. Christiane n'aimait pas plus les arbres que les bêtes. Elle ne désirait des fleurs que pour le plaisir de les couper et de les arranger dans des vases. Lui, bien entendu, ignorait l'art des bouquets. Il n'était que la brute à gagner de l'argent. Elle allait voir... S'il était obligé de passer la main... Si Hubert prenait le manche, ne serait-ce que pour quelques mois... « Au fond, se dit-il, je serais mieux dans un hôpital, dans une maison de santé. » Le mot l'emplit d'amertume. Il cracha. Il avait soif. Il se sentait desséché, poreux, rongé comme ces os abandonnés par les vagues et si légers, dans la main. Il souhaita de marcher sur quelque nouvel engin dissimulé dans la terre et qui exploserait sous lui, éparpillant dans l'espace ses songes et ses cauchemars. Oui. Il en était là. Et, pendant ce temps, Maxime...

Des images insoutenables défilèrent dans son esprit, des nudités qui avaient la tête de Christiane... Il gémit, tendit le bras vers le petit pêcher. Une pêche, peut-être, ferait taire cette soif abominable.

Ses mains exploraient le vide. Il posa le pied dans la terre meuble, s'avança. D'autres gouttes tombaient autour de lui, chacune avec son bruit propre, et si lourdes qu'on aurait dit des fruits sous un arbre secoué. Le pêcher se cachait quelque part, là, devant. Mais où ? Hermantier revint dans l'allée. Il ne supporterait pas d'être nargué plus longtemps. Voyons ! L'intersection des deux allées. Donc, là, dans l'angle... Aucune erreur possible. Il repartit, les bras battant l'air, compta trois pas, quatre... cinq... Il avait dû passer à côté... Un peu plus à droite, peut-être ?... Non, à droite il n'y avait rien... Ni à gauche... Il n'y avait plus de pêcher. Le pêcher avait disparu. Hermantier buta dans la bordure de ciment, faillit perdre l'équilibre, lança son coude devant lui, pour se protéger. Mais personne ne le menaçait. Le vent de la nuit soufflait plus fort, à travers le jardin. Des glissements menus, de subtils déplacements de branchages, une rumeur vivante et innombrable commençaient à peupler le silence. Hermantier était obligé de lutter pour ne pas faire demi-tour et courir vers la maison, au risque de s'assommer.

« Très bien, admit-il, le pêcher n'est plus là. Elle l'a arraché. Pour avoir le dernier mot. » Il fut presque satisfait de cette explication. Et d'ailleurs, il n'y en avait pas d'autre. Car enfin... il serra ses mains l'une contre l'autre... si le pêcher avait été là... ses mains n'auraient tout de même pas été dupes ! Il baissa la tête, comme s'il avait pu les regarder, les encourager. Il les sentait qui se touchaient, qui étaient bien éveillées, dociles et fidèles. N'empêche qu'elles avaient bien cru que... Non. Il n'y avait plus de pêcher !

Il rentra sans se presser, avec l'énorme présence du jardin dans son dos. L'orage avait cessé de gronder. Maxime ?... Maxime avait dû finir depuis longtemps sa cigarette. Un prétexte pour partir. Peut-être allait-il passer la nuit dehors, dans les dunes !

Hermantier, une dernière fois, respira profondément avant de refermer la porte de la véranda. L'air sentait la poussière mouillée. Comment aurait-il pu sentir le pin ? Il entendit un chat — plutôt une chatte — qui pleurait d'amour dans les ténèbres.

CHAPITRE V

Hermantier ouvrit la fenêtre, respira lentement, profondément. Chaque journée nouvelle, maintenant, serait plus lourde à porter que la précédente. A cause de l'angoisse. Quel serait finalement le verdict de Lauthier ? Car il faudrait bien lui avouer... tout ! Rita, les pins... l'odeur des pins... la peur, la sale peur, toujours prête à renaître. Lauthier conseillerait le repos, encore le repos, peut-être la retraite définitive !... Non, tout de même. Et pourtant...

Il faisait déjà très chaud. Hermantier devinait sans peine le ciel bleu, trop bleu, et, au delà du parc, les prairies basses bordant la mer, sans un arbre, sans un taillis. De nouveau, il respira jusqu'à en éprouver un vertige. Rien. Du moins rien d'anormal. Il entra dans le cabinet de toilette, trouva, sur la tablette où il disposait son peigne, ses brosses et sa bouteille d'eau de Cologne, le rasoir électrique rapporté par Christiane. Il savait que le rasoir était blanc, qu'il était muni d'une quadruple lame et avait coûté trois mille francs, mais ce qu'il tenait dans sa main était seulement une chose cylindrique, prolongée par un fil. Cela ne parlait point à l'imagination, n'éveillait aucun plaisir. Il n'avait même pas envie de le brancher, de l'écouter tourner. Une autre pensée le tourmentait, absurde comme toutes les pensées qui s'emparaient de son attention depuis quelques jours : il en était sûr, quand il avait senti l'odeur des pins, il n'avait pas cessé de percevoir celle des fleurs, celle de la terre surchauffée. L'odeur des pins dominait, mais l'autre existait aussi, au même moment. Au même moment, c'est-à-dire que les mêmes nerfs mystérieux qui lui avaient transmis un renseignement inexact étaient cependant capables de lui en apporter un autre indubitable. Et c'était cela qui paraissait incroyable. Ce double témoignage simultané et contradictoire... Hermantier se rappelait le labyrinthe où il s'était perdu, quand il avait huit ans. De l'extérieur, la baraque ressemblait à toutes les autres baraques de la foire. Il avait poussé sa monnaie au guichet, bravement. Et puis, brusquement, il s'était retrouvé seul dans une lumière de bouge, dominé de tous côtés par des murs entre lesquels il fallait cheminer. On entendait — mais où ? — des piétinements, des frôlements, des cris, un tumulte équivoque et menaçant : on avançait, pourtant, une main frôlant la paroi de toile qui cédait à la moindre pression, et l'on aboutissait à des carrefours entourés de glaces déformantes, où l'on se voyait semblable à un fil brillant surmonté d'une tête de cauchemar, ou à une sorte d'effroyable grenouille à la bouche distendue et béante. Il avait essayé de courir, s'était imaginé qu'il était poursuivi et, enfin, avait débouché au jour, parmi les musiques géantes des manèges ; il s'était caché derrière une roulotte pour vomir. Voilà ce qui revenait, maintenant, dans sa mémoire. Et il croyait sentir encore, au bout de ses doigts, le grain rugueux de la toile, le contact de ces murailles molles auxquelles on avait essayé de prêter l'aspect et la couleur des pierres d'un souterrain. Il avait l'impression d'errer, de nouveau, dans le labyrinthe.

— Richard !... Je peux entrer ?

Sans attendre la réponse, Maxime traversa la chambre.

— Tu n'aurais pas un peu d'aspirine ?... Je me sens vaseux... Je crois que je me suis enrhumé. Ce serait tout de même idiot, au mois de juillet !

— Tu es crevé, mon petit Maxime, dit Hermantier. Si tu ne fais pas attention, ça te jouera un mauvais tour, et sans tarder. Regarde dans la table de nuit.

Hermantier s'approcha du mur, à droite du lavabo. Sa main descendit le long de la cloison ripolinée. Il tâtait avec précaution car la prise de courant était ébréchée. Il la ferait changer, maintenant qu'il avait ce rasoir électrique.

— Il n'y a rien dans la table de nuit, fit Maxime.

— Alors... Regarde dans l'armoire... le tiroir du milieu.

Sa main rencontra la plinthe, suivit l'arête, vers la droite, revint en arrière. Il se jeta à genoux, des deux mains palpa le mur. La prise aurait dû se trouver là, juste sous le porte-serviettes.

— Qu'est-ce qui t'arrive ? dit Maxime, sur le seuil du cabinet.

— Rien... Je cherche... la prise.

— Tu te trompes de côté. Elle est à gauche.

— Tu ne vas tout de même pas m'apprendre où est la prise.

— Donne ça.

Maxime prit le rasoir et, tout à coup, le rasoir se mit à ronfler.

— Il marche bigrement bien, dit Maxime. Tu veux que je te rase ?

Non. Hermantier ne songeait même plus à se raser. Incrédule, il fermait solidement le poing sur le rasoir bourdonnant. Puis il toucha le fil tendu, qui reliait le moteur à la prise. Enfin, il se baissa, rencontra la fiche plantée dans le disque de porcelaine. La prise était intacte, sans une éraflure, parfaitement lisse sur toute sa surface. Hermantier débrancha le rasoir.

— Tu es là, Maxime ?

— Naturellement. Qu'est-ce qui ne marche pas ? Il ne te plaît pas, ce rasoir ?

— Maxime ?... Qu'est-ce qu'on a fait dans ma chambre ?

— Quoi ?

— Je suis certain qu'il y a quelque chose... La prise était à droite, autrefois, et elle était cassée.

Maxime fit entendre ce petit rire gouailleur, désinvolte, qui avait tant de fois exaspéré son frère.

— C'est ça qui te tracasse ? Mon pauvre vieux, il ne t'en faut pas beaucoup... Tu ne savais donc pas que ce cabinet de toilette avait été remis en état ?

— Remis en état ?... Depuis quand ?

— Mais... depuis Pâques.

— Qui est-ce qui a pris cette décision ? Christiane ?

— Dame ! Qui voudrais-tu que ce soit ? Les ouvriers étaient là, en train de refaire le mur du parc. L'occasion ou jamais d'en profiter! C'est Agostini qui a proposé d'effectuer tous les travaux d'un seul coup. Tu lui avais indiqué toi-même les réparations nécessaires : la toiture, notamment ; tu ne te rappelles pas ?

— C'est égal !... Vous auriez pu me mettre au courant.

— D'accord... Seulement, tu avoueras que nous avions d'autres soucis en tête. Surtout Christiane. Agostini a retapé toute la villa, révisé l'installation électrique.

— Est-ce qu'il a touché au jardin?

— Pas lui. Mais les équipes de déminage. En tout cas, rassure-toi, on ne l'a pas trop esquinté.

— Et le parc?

— Ah ! le parc, oui. Il en a pris un drôle de coup. On a fait sauter le blockhaus, rasé les arbres. Par endroits, on dirait une espèce de champ de manœuvres.

Maxime emplit un verre au robinet, avala plusieurs comprimés.

— Christiane a dû en profiter, murmura Hermantier. Elle qui voulait tout transformer ! Elle trouvait que j'avais acheté une villa de série.

— Qu'est-ce que tu vas imaginer ! Agostini a refait toute la couverture. Pour le reste, il a simplement restauré... La chambre d'amis, par exemple. Tu m'accorderas qu'elle en avait besoin... Enfin, Christiane t'expliquera tout ça mieux que moi.

— Il n'y a que le téléphone qu'on n'a pas trouvé le moyen de réparer, grommela Hermantier. On avait trop peur que je sois pendu après l'usine...

Maxime rit encore, toussa, fit couler de l'eau dans son verre.

— J'ai un point dans le dos... C'est bougrement gênant... Où te croyais-tu, farceur ? « Qu'est-ce qu'on a fait dans ma chambre ? » Si tu t'étais entendu ? Ce ton, mes enfants !

— Ça va, grogna Hermantier. Si tu étais à ma place !

Il remit le rasoir en marche, le passa sur sa mâchoire, fut satisfait de sentir sa peau qui devenait douce, polie, fraîche.

— Je me rends bien compte que je suis impossible. Tantôt, il me semble que je change et tantôt il me semble que ce sont les choses qui ne sont plus les mêmes. Depuis que j'ai perdu la vue... je ne sais comment expliquer cela... tout se passe comme si j'avais troqué mon corps contre un autre, et comme si, en même temps, j'avais été transporté dans un monde nouveau, étranger, dangereux.

— Tu devrais te servir de ta canne, dit Maxime. Ça te serait bien utile pour tâter autour de toi.

— Non, tu ne comprends pas. Il ne s'agit pas de ça. Tiens, hier soir, dans le jardin... j'ai senti une odeur de pins.

— Toi aussi ?

— Comment ? Tu ne vas pas prétendre...

— Je prétends simplement que j'ai senti, hier soir, une forte odeur de résine. C'est tout. Je me promenais le long des dunes. Il n'y a pas un pin à des kilomètres. Pourtant, on aurait juré qu'on marchait sous des pins. Je pense que c'est un phénomène provoqué par la chaleur, le temps orageux.

— Maxime ! Tu me jures que tu ne dis pas cela pour me rassurer ?

— Mais non, parole ! D'ailleurs, je ne vois pas pourquoi cette odeur de pins t'inquiéterait. Allons, vieux, secoue-toi... Attends, tu t'y prends mal.

Délicatement, Maxime saisit le rasoir et le frotta sur les pommettes de son frère, puis autour de la bouche et près des narines. Ce contact léger, mieux que des mots, exprimait une amitié, une entente dont Hermantier éprouvait profondément le magnétisme. Il se laissait faire, docile, tournait la tête, pointait le menton, retenant mal un frisson quand les longs doigts de Maxime se posaient sur sa peau.

— Epatant ! murmurait Maxime. Tu vas me prêter cet engin, que je l'essaie sur moi... Tu n'as jamais été si bien rasé... Là, un peu de poudre, maintenant.

— Merci, dit Hermantier. Je peux bien te le dire... J'étais furieux contre toi, hier soir.

— Bah ! Ce n'était pas la première fois... Penche-toi, que je te mette un peu d'eau de Cologne. Tu te négliges ! Tu te peignes n'importe comment. C'est du propre... Assieds-toi, tu me donnes le vertige.

Maxime actionna le vaporisateur, coiffa son frère en quelques coups de peigne.

— C'est vrai, dit Hermantier, que Marceline est ta maîtresse ?

Maxime siffla entre ses dents.

— Quel curieux tu fais ! Bien sûr qu'elle est ma maîtresse. Ce n'est pas ma faute si elles me courent toutes après.

Il riait, nullement fâché, incapable de rien prendre au sérieux.

— C'est sans doute Christiane qui t'a prévenu ? continua-t-il sur le ton du badinage. Ce qu'elle peut être vieux jeu ! Alors, elle t'a raconté que Clément, de son côté, tourne autour de la petite, et qu'il n'attend qu'une occasion de me sauter dessus ?... Non, ne crains rien. J'exagère. Clément a trop le respect de la hiérarchie.

— Tu sais ce qu'il m'a dit, un jour, Clément, comme je lui conseillais de ne pas trop gonfler les notes de garage ?... Textuellement ceci : « Monsieur s'imagine que je suis un voleur. Il y en a peut-être d'autres, avant moi, qu'il faudrait accuser... ».

— Il pensait à moi ?

— Dame.

— Et toi, qu'est-ce que tu crois ?

— Rien.

Maxime jeta le peigne sur la tablette.

— Si c'est comme ça ! fit-il.

Sa voix était tremblante, méconnaissable.

— Ils sont tous contre moi, eux qui devraient... Ça va ! Je partirai ce soir.

— Mais non, dit Hermantier. Je te demande seulement de rester tranquille. Laisse cette fille. Soigne-toi. Je sens bien que tu es malade, toi aussi.

— C'est mon affaire, lança Maxime, soudain hors de lui. Moi, un voleur ! Elle est bien bonne. Mon pauvre vieux, si tu savais ce que je sais...

Une crise de toux dut le plier en deux et, de nouveau, l'eau gicla dans le verre.

— Richard ! appela Christiane, de la cour. Richard !... Je peux monter ? Le facteur vient de passer.

Maxime posa violemment le verre sur le lavabo.

— A ce soir, grommela-t-il.

— Reste ! cria Hermantier. Je t'ordonne de rester. Idiot !

La porte de la chambre fut claquée. Hermantier n'avait pas bougé. Maxime ? Un accès de colère. Rien de plus. Il ne partirait pas. Où irait-il, avec ses trente-cinq mille francs ? Des mots, tout cela, des mots. « Ils me fatiguent, songea-t-il. Dieu, que je suis fatigué. » Il se sentait creux comme un arbre mort. C'était sa vie qui n'avait plus de poids, plus de substance. Chaque heurt avec le monde réel, leur monde à eux, le laissait plus défait, plus incertain. Cette prise... un détail entre tant d'autres... Malgré tout cette prise le tourmentait... Pourquoi était-elle à gauche ? Mais pourquoi n'aurait-elle pas été à gauche ?...

Christiane entra dans la chambre.

— Vous vous êtes fâché avec Maxime ? demanda-t-elle. Je l'ai vu qui s'en allait, l'air furieux.

— Non, non... Ce n'est rien.

— Vous lui avez parlé de... Marceline ? C'est réglé ?

— Presque.

— Presque ? Je ne vous reconnais plus, Richard.

— Vous ne me trouvez pas assez énergique, n'est-ce pas ?

Il se leva avec lassitude.

— Ces lettres ? De qui sont-elles ?

— Il y en a une de Gilberte et une autre de son fiancé. Il paraît qu'il fait à Lyon une chaleur épouvantable.

— Ah ? C'est toujours le père Courilleau qui fait la tournée ?

— Toujours ! Il m'a dit qu'il entrerait vous voir, un de ces matins.

— Ça ne presse pas. Pour ce que je suis beau à regarder ! Christiane, vous avez oublié de me dire qu'Agostini avait travaillé dans la maison.

— Peut-être... J'ai certainement oublié bien d'autres choses.

— Il a envoyé sa note ?

— Pas encore. Mais je pourrai la lui réclamer.

— Non... Clément est là ?

— Bien sûr.

— J'aimerais sortir tout à l'heure... Vous n'avez pas besoin de l'auto ?

Il sentit qu'elle hésitait, et ajouta :

— Si vous avez des courses à faire, ne vous gênez pas. J'ai tout mon temps.

— Vous ne voulez pas que je vous accompagne ? dit Christiane, avec une sorte de timidité.

— Si, murmura Hermantier. Je crois même que cela me fera plaisir.

— Alors, tout de suite, pendant qu'il n'y a pas encore de monde.

Le mot lui avait échappé. Elle n'osa pas le rattraper, et ils restèrent silencieux, écoutant une grosse mouche perdue dans un pli des rideaux. Machinalement, Hermantier toucha ses cicatrices, sous ses lunettes.

— Dans un moment, dit-il enfin. Je vous retrouverai en bas.

Ils étaient plus que jamais éloignés l'un de l'autre. Hermantier, pour la première fois, pensa que, s'il ne devait pas rentrer à Lyon à la fin des vacances, il aimerait mieux rester seul à la propriété. Il trouverait bien une femme du pays, pour la cuisine et le ménage. Car enfin, il était peut-être *effrayant à voir*? Blèche avait bronché, là-bas, lors de leur rencontre ; quant à la vieille Blanche, lorsqu'il lui avait demandé de revenir, elle avait répondu : « Non... Plus maintenant ». Et leurs réticences à tous, cette façon qu'ils avaient de prendre comme un élan avant de lui adresser la parole ! Alors, à plus forte raison ceux de l'usine... Hermantier resta immobile, un instant, devant le miroir, puis il baissa la tête et traversa la chambre. Il s'arrêta encore, dans le couloir, épiant la maison silencieuse. La laideur lui avait toujours paru méprisable. Il était laid. Pire que laid ! Une gueule cassée. Quelqu'un qu'il faut cacher. Mais cela, personne ne l'avouerait. On mentirait encore. De sorte qu'il ne saurait jamais de façon certaine si...

Il monta pesamment l'escalier, s'avança vers le grenier, mains tendues. Tout de suite, il reconnut cette odeur de vieux papiers, de poussière, de malles entassées, qu'il aimait. Il leva le bras au-dessus de sa tête, sentit le bois de la charpente, rugueux, fendillé par endroits et planté de clous rouillés. Le vasistas était quelque part, tout près. Ah ! sa main saisissait la tige à crémaillère, palpait les carreaux, déchirant de minces toiles d'araignées. Le mastic était neuf. Agostini était bien passé par là. Hermantier s'avança sous la pente du toit, tâta les lattes qui soutenaient les tuiles. Le bois était sec et sentait la scierie, la planche, le copeau. Oui, on avait fait ce qu'il fallait. Il revint vers la porte, chercha le commutateur, découvrit le tuyau de métal qui protégeait les fils. Pourquoi

Agostini aurait-il saboté son travail? Mais, en vérité, Hermantier avait nourri un autre soupçon, plus cruel!

Il redescendit au premier, gagna l'extrémité du long couloir et entra dans la chambre d'amis. Les doigts largement écartés, il promena ses mains sur la tapisserie. C'était froid, uni. L'ancienne tapisserie était boursouflée, çà et là. Celle-ci semblait posée depuis peu. Etait-elle verte, avec un filet or? Comme il aurait volontiers sacrifié ses deux mains, le jour de l'explosion, pour garder au moins un œil, pour apercevoir ne fût-ce qu'un brouillard, au lieu de mener cette existence de cloporte! Il s'orienta, découvrit le lavabo dont il fit jouer le clapet. La porcelaine paraissait belle au toucher. Agostini n'avait pas lésiné.

Hermantier longea le couloir, entendit craquer le plancher, se retourna :

— Hubert?

Personne ne répondit. Il n'y avait personne. Du moins était-il sûr qu'au tournant de l'escalier aucune glace déformante ne renverrait son image. Le labyrinthe, désormais, était vide et noir. Marche après marche, il arriva en bas. Christiane l'attendait à l'extrémité du vestibule.

— Clément est prêt, dit-elle. Où voulez-vous aller?

— Nulle part. Je veux simplement marcher sur le sable, entendre la mer... Ici, je commence à étouffer.

Elle lui prit le bras, non pas pour le guider, mais d'un mouvement spontané où il y avait peut-être autre chose, malgré tout, que de la compassion.

— Christiane, murmura-t-il, c'est gentil à vous de me consacrer une heure.

Il s'aperçut que sa voix venait d'être humble et il se

sentit rejeté vers cette espèce de colère sourde, profonde, qui, depuis son enfance, ne cessait de sourdre en lui comme une eau brûlante.

— Les travaux semblent avoir été soigneusement exécutés, reprit-il. Il faudra régler Agostini. Maxime m'a assuré que le jardin était en bon état.

Ils arrivaient à l'intersection des deux allées.

— Vous ne savez pas que votre petit pêcher a trois pêches, dit Christiane.

Il ne se donna pas la peine de répondre. Il enjamba la bordure, tendit la main et ses doigts heurtèrent des branchages, pénétrèrent sous des feuilles jusqu'au mince tronc englué, par endroits, d'une sève poisseuse. Il ne pouvait plus contrôler le tremblement de ses mains.

— Trois pêches, répéta Christiane, voulez-vous que...

C'était vrai. Hermantier les trouva, pelucheuses, tièdes, déjà molles sous le pouce. Des guêpes bourdonnaient autour de sa tête. Ou bien était-ce dans sa tête ? Il ramena sa jambe en arrière, avec un effort de tout son corps, comme s'il arrachait son pied d'une fondrière.

— Allons-nous-en ! balbutia-t-il.

Une fois dans l'auto, il se rencogna frileusement. La voiture tourna à gauche. Clément avait sans doute l'intention de prendre ce qu'on appelait « le chemin privé », une étroite route pierreuse qui se faufilait à travers les champs maigres jusqu'à la dune. Là ou ailleurs, quelle importance ? Hermantier, la main droite dans sa poche, essuya furtivement son pouce à son mouchoir. Puis, de l'index, il en gratta l'extrémité où subsistait encore une humidité un peu grasse. Il aurait voulu gratter de la même manière le coin de sa cervelle où adhérait encore le souvenir de la plate-bande vide, vide. Car, la veille au soir, elle était vide. Du moins, ses mains l'avaient jugée telle.

La Buick était si souple qu'on ne sentait aucun cahot, mais, par la vitre entr'ouverte, entrait un air vigoureux, riche en odeurs, qui faisait lever des images familières : pleine mer, voiles blanches, chevaux debout à la limite des herbages.

— Voulez-vous marcher un peu ? demanda Christiane.

— Je veux bien, dit Hermantier d'une voix faible.

— Je vais m'arrêter près du moulin, proposa Clément.

Le moulin des Plantiveau. Hermantier avait failli l'acheter, à cause de la vue sur l'océan. Peut-être aussi parce que les ailes et la mécanique étaient encore intactes. Les Plantiveau, des minotiers de Jonzac, avaient transformé le vieux moulin en une sorte de villa hideuse, où ils ne venaient jamais. Hermantier descendit, flaira le vent nerveux.

— La mer est bien calme, aujourd'hui, remarqua Christiane.

Il aurait préféré qu'elle ne dît rien, qu'elle le laissât aller, à ses risques et périls. D'ailleurs, il se situait sans difficulté. Le moulin à gauche. A droite, la vaste courbe de la côte, s'effilant en un promontoire crayeux, bas sur l'eau comme un croiseur à l'ancre. Devant, la mer grise. A l'horizon, des entassements de nuages d'où sortirait, le soir venu, la canonnade d'un orage lointain. Hermantier se redressa. Il avait l'impression d'échapper à un maléfice. Il regretta de ne pouvoir courir vers l'eau vivante.

— Viens ! dit-il.

Et il s'éloigna d'un long pas glissé, traçant deux sillons dans le sable.

— Laissez-moi vous conduire, Richard ! Pas par là ! Pas par là !

Elle avait crié, avec une soudaine frayeur.

— Si je tombe, grommela Hermantier, je ne me ferai pas grand mal, avouez-le.

— Nous sommes juste au sommet de la dune, dit Christiane, essoufflée.

Hermantier sourit.

— A vous entendre, on croirait qu'il s'agit d'une montagne. Ce n'est même pas une dune. Et la pente est si douce !

— Allons, revenez ! fit Christiane.

Le vent soufflait parmi les chardons et les tamaris. Le cri d'une mouette monta, tout petit à travers une confuse étendue de silence. Le paysage semblait solennel, un peu figé, vaste à l'infini, dans l'obscurité où Hermantier se trouvait prisonnier. Si Christiane n'avait pas employé ce mot : sommet, Hermantier n'aurait pas eu, sans doute, la brutale sensation du vide. Il recula d'un pas. C'était étrange, ce qui se passait en lui. Christiane avait dit : « Votre petit pêcher a trois pêches », et le pêcher s'était offert. Maintenant, elle disait : « N'avancez pas », et il ne pouvait plus se défendre d'un début de vertige, et pourtant il voyait, en esprit, le mol épaulement de sable qui bordait la plage. Un enfant l'aurait dévalé par jeu. « Suis-je donc si vulnérable ? », songea-t-il. La promenade, soudain, ne l'intéressait plus. Il s'appuya sur Christiane et se laissa conduire.

— La mer est haute, expliqua-t-elle.

Soit. Haute ou basse, elle était invisible. Le sable grinçait sous leurs semelles et, de temps en temps, craquaient des choses qui devaient être des os de seiches.

— Je voudrais m'avancer jusqu'au bord, demanda Hermantier.

Ils marchaient maintenant sur le sol plus ferme. La mer ne faisait presque pas de bruit. Au lieu de déferler, comme d'habitude, de se jeter avec un claquement sourd sur le rivage, en entre-choquant ses cailloux, elle poussait des vaguelettes dont le battement menu contrastait avec la sensation d'immensité. Hermantier s'était préparé à entendre la grande voix confuse et l'eau menait à ses pieds des jeux de source. Il se baissa, la sentit couler entre ses doigts, tiède, légèrement visqueuse, pétillante sur le sable comme un vin mousseux dans un verre. Il la goûta. Elle était fade et amère. Cela, du moins, était indubitable.

— Nous pourrions avancer jusqu'aux rochers des Cardinaux, proposa Christiane.

— J'aime mieux rentrer, dit Hermantier.

Sa place n'était plus ici. Il lui suffisait de savoir que la mer existait toujours, que des pêcheurs de crevettes promenaient sans doute leurs haveneaux près de la pointe des Charpentiers, là où lui-même, les années précédentes... Il pesait sur le bras de Christiane, comme un malade qui fait sa première sortie et que le vent étourdit. Il fut content de retrouver la voiture, de s'abandonner sur les coussins. Clément, sans bruit, effectuait son demi-tour. Christiane ne parlait plus. Peut-être l'observait-elle avec angoisse, ou avec pitié, ou avec ennui ? Il aurait souhaité, maintenant, de l'entendre bavarder. Il se sentait coupable d'avoir voulu sortir. Sa langue brûlait un peu, à l'endroit où l'eau de mer l'avait touchée. La peau de son pouce demeurait râpeuse d'avoir palpé le fruit. Lequel de ces deux témoignages était le bon ? A qui, à quoi fallait-il faire confiance ?

La Buick stoppa devant le garage.

— Laissez, dit Hermantier. Je n'ai besoin de personne.

Il ouvrit sa chemise, s'épongea le cou. Après le tournant de l'allée, ils ne pouvaient plus le voir. Il s'arrêta à la hauteur du pêcher. Timidement, il palpa l'air, attrapa une branche. Alors, très vite, il cueillit une pêche, la mordit avec violence. Il fut étonné de sentir sa bouche s'emplir d'une saveur fondante. C'était bien une vraie pêche, mûre à point.

CHAPITRE VI

Hermantier se retourne dans son lit. D'un coup de genou, il envoie promener la couverture, le drap. Il respire fort. Il gémit. Puis il s'immobilise sur le dos, dans la position où, autrefois, il ouvrait les yeux, quand il s'éveillait. Seulement, c'est toujours la nuit et il ne sait pas encore s'il dort, s'il rêve ou s'il sort des ténèbres de l'inconscience pour entrer dans les ténèbres de la vie consciente. Il entend un coup de tonnerre, le chuintement de la pluie. Il se rappelle... le salon, la partie de bridge. Il lui semble qu'il a dormi longtemps. L'orage commençait, quand Hubert a distribué les cartes. Maxime, revenu un peu avant le dîner, toussait sans arrêt. Christiane se taisait. Seul Hubert semblait content de jouer. Il appréciait les coups, donnait des conseils, discutait avec Maxime qui commettait, comme toujours, des erreurs ahurissantes et s'acharnait, ensuite, à les justifier. Un bridge à trois, quelle sottise !

— Voyons, Hermantier, je vous prends à témoin, s'écriait Hubert. Est-ce qu'on ne doit pas toujours attaquer dans la longue du partenaire ? C'est classique. Et lui soutient qu'avec son roi de trèfle il faisait un pli de mieux !

Maxime répliquait aigrement. Ils finissaient tous par oublier qu'il était aveugle, que les cartes ne signifiaient plus rien pour lui. Il s'échappa sans bruit, les laissant se disputer au sujet d'une attaque à pique malencontreuse.

— Bonsoir ! cria Hubert. Nous n'allons pas tarder à monter.

Mais, à l'exaltation de sa voix, il était facile de comprendre que la partie n'était pas près de s'achever. Ont-ils fini, maintenant ? Ils ont dû aller se coucher, furieux les uns contre les autres. Qu'est-ce que cela peut faire ?... Comme c'est loin, le temps des bridges, des soirées brillantes, des retours au petit matin !...

Hermantier croise les mains sous sa nuque, écoute la pluie sur les feuilles. Il imagine de grands éclairs bleus qui doivent silhouetter les persiennes sur le plancher de la chambre. Il a moins chaud. Sa migraine s'estompe. Il est là, couché sur le dos. Il a toute la nuit, s'il le désire, pour faire le point une fois de plus. Mais le point de quoi ? Allons, un peu de courage. Le tonnerre roule plus sourdement. Tout le monde dort, sans doute. Un souffle frais vient de la fenêtre. Hermantier se trouve en face de lui-même, comme cela arrive de temps en temps, au cœur de la nuit. On a l'impression, brusquement, de rencontrer un juge. Son juge. Déjà, il est trop tard pour chercher un mensonge, une excuse, un biais. La vérité, c'est qu'il n'est pas l'Homme Fort ! Ah ! ce n'est pas drôle de s'avouer cela. L'Homme Fort, le Magnat, voilà ce qu'il a cru être depuis sa première invention. Toute sa vie a été suspendue à un acte de foi : les autres ne me valent pas. Et, peu à peu, il a forcé les autres à se soumettre. Il a été le Magnat, par sa manière de s'habiller, de dicter son courrier, de saluer le portier en levant un doigt. Il a été le Magnat avec Maxime, en payant les notes sans regarder. Avec Christiane aussi, en créant pour elle des lampes de toutes formes, en faisant jaillir, au-dessus de la grande ville endormie, d'immenses réclames lumineuses qui proclamaient sa réussite et sa puissance. Il a encore été le Magnat après son accident, quand, la tête entourée de bandages, il se flattait de poursuivre, tout seul, sur la lancée, son gigantesque effort. Et cela, justement, un homme vraiment fort l'aurait pu. Lui, ne le peut pas ; il ne le peut plus. Il a peur.

C'est là où il doit appliquer toute sa pensée : car il n'a pas la moindre raison d'avoir peur. Son entreprise marche d'une manière satisfaisante ; Hubert est dévoué ; Christiane, depuis des mois, le soigne avec une patience exemplaire. Voilà des faits. Solides. Indiscutables. Et il y en a bien d'autres, tous plutôt rassurants : il mange bien ; il dort convenablement ; ses migraines s'espacent. Donc, les craintes exprimées par Lauthier étaient excessives.

Hermantier bâille, se couche sur le flanc. Depuis qu'il retourne les mêmes pensées dans sa tête, il a eu le temps d'en aligner, des arguments pour et des arguments contre. Il connaît le fort et le faible de chacun d'eux. Il sait qu'il n'est pas fou et qu'il ne sera jamais fou. Ce point ne fait même pas question. Il admet, en revanche, qu'il souffre de certains troubles nerveux. Bon. A partir de là, il faut avancer avec précaution. Est-ce que ces troubles suffiraient à décourager un vrai

Magnat ? Non. Un vrai Magnat entrerait bravement dans une clinique spécialisée et se ferait débarrasser de ses petites hallucinations comme d'une vermine attrapée par hasard. Dès lors, pourquoi lui, le grand Hermantier, n'entrerait-il pas en clinique ? Parce qu'il n'est peut-être pas fâché... au fond... d'avoir une excuse lui permettant de passer la main, au moins momentanément, à Hubert. Parce que — il faut, décidément, être entouré de solitude et de nuit pour oser s'avancer jusque-là — parce que la nouvelle expérience peut échouer, la nouvelle lampe être un fiasco. Dans ce cas, tant pis pour Hubert ! Est-ce que cela compte, un homme comme Hubert ? Abruti de bonne éducation, décervelé par les bons Pères, mais n'oubliant pas qu'un capital correctement placé doit rapporter 15 % ! Donc, aucune importance s'il est sacrifié. L'essentiel, en cas d'insuccès — autant l'avouer puisque c'est vrai — c'est que personne ne puisse l'accuser, lui, Hermantier, d'avoir raté son coup. Car le coup est risqué. Ceux qui murmurent que ses inventions ne sont que du bluff n'ont pas tout à fait tort. Elles se bornent à présenter d'une manière nouvelle et plaisante des choses déjà bien connues. On l'a traité de bricoleur et il a souffert mille morts. Mais, cette nuit, il ne souffre plus. Il est descendu lentement jusqu'au fond de lui-même. Ces ténèbres-là, du moins, sont encore amicales. Et pourquoi aurait-il honte de manquer de génie ? Autrefois, oui, il a rêvé d'inventer des machines qui révolutionneraient le monde. Et puis il a trouvé, pour débuter, un filament nouveau. Le commencement de la fortune ! Il a épousé Christiane, peu de temps après. A ce moment-là, il en est absolument certain, Christiane était un peu éblouie par son succès, sa force, son allant. Avec sa grosse tête brutale, au front de penseur, il semblait promis à quelque destin surprenant. S'il avait continué à créer des choses aussi originales que ce bout de métal grâce auquel le prix des lampes avait baissé de 20 %, alors... tout aurait été différent, bien sûr. Seulement, on n'invente pas au commandement.

Impatient, il donne une ruade dans la couverture. Les coups de tonnerre se font plus rares, plus mous. Le vent se lève et agite quelque chose du côté de la fenêtre... quelque chose qui grince et se rabat le long du mur ; les persiennes étaient probablement mal accrochées. Hermantier se moque des persiennes. Il se dit que s'il avait reçu une formation plus solide, plus scientifique, il aurait tenu ses promesses. Evidemment, il a perfectionné les procédés de fabrication... Mais cela, un contremaître intelligent aurait pu le faire à sa place... Il a augmenté la puissance de l'usine, sans trop faire attention aux risques... L'important, c'était le regard de Christiane. Ce regard qui, peu à peu, s'est détourné... Savoir qui des deux a eu tort le premier ! Et pourtant, il représente une valeur, une vraie, malgré ses erreurs, ses faiblesses et ses insuffissances. Même maintenant, il est capable de réussir là où un homme quelconque échouerait. La preuve, c'est qu'il a mis debout cette affaire de lampes à lumière naturelle. La lampe, par elle-même, est un petit chef-d'œuvre de technique. Mais, dès qu'elle sera sur le marché, les concurrents pourront l'imiter. Simple question d'outillage. Et, pour l'outillage, le cartel est mieux placé que lui. Il faudra donc, en quelques mois, s'emparer du marché. Un coup de poker. S'il avait ses yeux, il enlèverait la partie. Après... il pourrait s'offrir de jeunes ingénieurs sortant de Polytechnique... Attention ! Voilà précisément où, presque malgré lui, il se raconte des histoires. Car, s'il avait ses yeux, il pourrait fort bien aboutir, néanmoins, à la catastrophe. On l'a discrètement prévenu, de divers côtés... des gens qui touchent de près au gouvernement... Pour réussir, il faudrait accepter certaines alliances. Le cartel est puissant, décidé à tout... Eh bien, tant pis ! C'est Hubert qui servira de tampon !

Au diable ce volet. Hermantier se lève, longe le mur. En passant devant la cheminée, il touche la pendule, ouvre le verre et palpe doucement les aiguilles. Minuit cinq. Incroyable ! Il avait l'impression que la nuit approchait de sa fin. En réalité, il a dormi deux heures à peine. Il va falloir donner congé à toutes les sottises qui flottent dans son esprit comme un essaim de poussières. Il marche jusqu'à la fenêtre. Le vent a dénoué les persiennes dont l'une bat. La pluie crépite sur les pierres, sur la terre, sur les feuilles. Hermantier se penche un peu, reçoit des gouttes partout, sur le visage. Il respire le parfum sauvage du jardin mouillé, s'attarde parce que ce jardin sous l'orage, c'est un peu comme une image de lui-même. Il pense encore une fois à Hubert, qui sera balayé. A vrai dire, ils seront tous balayés. Mais lui-même ne risque plus rien. Il n'a besoin que d'un lit et d'une main patiente pour le faire manger. On trouve cela dans n'importe quelle maison pour aveugles. Après la tornade, il pourra peut-être recommencer pour de bon ; seul ! Ah ! surtout seul ! Et, cette fois, tout le monde sera de son côté !

Il s'éloigne de la fenêtre. Il suit toujours la pente de sa méditation. Puisqu'il a tout considéré, tout pesé, de quoi donc a-t-il peur? Pendant quelques jours, il a vécu dans une sorte de cauchemar, il peut le reconnaître sans honte; ce monde d'apparences défaites qui manquaient toutes à la fois, comme des garde-fous pourris s'écroulant traîtreusement sous son poids... un autre que lui n'aurait peut-être pas résisté à cette épreuve. Et il n'ignore point que ce cauchemar n'est pas fini, ne finira pas, parce qu'un aveugle qui n'accepte pas de se rééduquer, qui a la prétention de vivre *comme avant* parmi les choses devenues rebelles, est condamné à d'étranges erreurs. Seulement, la question n'est pas là...

Il se recouche. Il a soudain un peu froid. Il ramène sur lui la couverture écroulée. Non, la question n'est pas là. Il a eu peur au moment de Rita. Soit. Il a eu peur, encore, au moment de l'odeur des pins et beaucoup plus au moment du pêcher retrouvé... Peur de n'être plus qu'un pauvre bonhomme irrémédiablement diminué, mais aussi peur *d'être en danger.* Il ne se rappelle plus quand il a éprouvé pour la première fois cette crainte, si vague qu'il n'aurait même pas su la formuler. C'était à Lyon. Elle s'est précisée, depuis, tout en demeurant extrêmement floue. En vérité, elle est la plus absurde de toutes les impressions absurdes qui ne cessent plus de le tourmenter. Mais elle est là, toujours présente, dans cette crainte de l'obstacle, du mur, qui s'est logée dans ses nerfs. Pourquoi ce sens du danger ne serait-il pas le privilège de ceux qui ont perdu la vue? Le cheval de mine, aveugle, pressent le coup de grisou bien longtemps avant l'explosion. Il y

a, quelque part, du danger. Peut-être pas pour lui.
Peut-être pour Christiane... ou pour Clément. Une
autre grenade, encore cachée dans la terre? Cette
maison presque perdue dans le pays plat et autour de
laquelle Allemands et partisans se sont mitraillés,
quelle folie de l'avoir choisie comme lieu de repos!
Peut-être son esprit, cessant d'être en prise sur la vie,
recueille-t-il d'anciennes peurs éparses, comme celui
d'un médium? Allons! Il faudrait dormir. Pourtant,
Maxime a promis d'entrer dans sa chambre, au
passage. Maxime dort. Tout le monde dort. La chaleur
monte le long des membres d'Hermantier et il cesse de
former des pensées cohérentes. Mais il entend toujours
la pluie et le volet qui grince. Il se détend. Une de ses
mains coule, le long d'un pli du drap, jusqu'à terre. Un
coup de tonnerre, plus proche, plus vigoureux, fait
vibrer les carreaux et le grondement s'éloigne, en
cahotant, sur quelque énorme pente de nuées. Un
autre grondement naît aussitôt, si faible, celui-là, qu'il
ranime l'attention d'Hermantier. C'est le grondement
de la Buick. Hermantier se soulève sur un coude. Oui,
c'est la Buick qui entre. On entend même ses pneus
qui sucent l'humidité du ciment. Elle vire et avance
vers le garage. Une portière se referme, sans claquer,
comme si une main l'avait retenue. Maxime, évidemment! Maxime qui n'a rien trouvé de mieux que de
filer, une fois son frère monté. Il aurait pu demander la
permission d'emprunter la voiture! Hermantier
retombe sur le dos. Le plus curieux, c'est que l'auto ait
pu sortir sans l'éveiller. L'orage n'a jamais été bien
violent. Le bruit du moteur n'aurait pas dû lui
échapper. Il se tourne vers le mur. Mais il n'aime pas

cette position. Et surtout, il n'aime pas tourner le dos à une porte ou à une fenêtre. Il revient sur le côté gauche. Est-ce la pluie qui, poussée par le vent, arrose le parquet ? Cela fait comme un trottinement devant la croisée. Il suffit qu'on soit privé de ses yeux pour que tous les bruits imitent, à s'y méprendre, le passage d'un être humain. Ces gouttes, sur le plancher... on aurait juré le battement d'un pied nu. Déjà, l'autre soir, dans le jardin, quand le vent jouait parmi les fleurs et dans les feuillages, n'était-il pas très difficile de lutter contre l'impression que les allées se peuplaient de présences discrètes mais de plus en plus proches ? Au fond, le sentiment du danger pourrait peut-être se réduire à cette illusion ? Hermantier sent sa tête qui grouille de mots et s'appesantit sur l'oreiller. Mais il est incapable d'arrêter le mécanisme de cette parole intérieure qui, procédant du sommeil, en retarde cependant l'irruption. « Je vais fermer la fenêtre, pense-t-il. Après, je m'endormirai tranquillement. » Il commence à rêver qu'il se lève et traverse la chambre, puis s'accoude à l'appui et regarde les étoiles ; il voit la lune qui descend, toute blanche, vers l'infini des prairies. Le bois craque et il sort en sursaut de ce brouillard de songe. Cette fois, j'y vais ! Il pose les pieds sur le plancher. Il est déjà tout engourdi de sommeil et doit s'appuyer au mur. Il dépasse la cheminée, bâille un grand coup. Si le plancher est mouillé, Christiane ne manquera pas de faire quelque réflexion désagréable. Il tâte, devant la fenêtre. Le parquet est parfaitement sec. Pas la moindre trace d'eau. Mais alors... Ah ! ce décrochement du cœur qui, brusquement, s'affole. Finie, l'envie de dormir. Hermantier se retourne vers la porte. Un instant, il songe à allumer. Il réfléchit. Ce n'est pas parce que quelque chose a fait du bruit qu'il doit perdre son sang-froid. Le vent a peut-être apporté des feuilles qui ont glissé sous un meuble. Doucement, Hermantier rapproche les battants de la fenêtre, puis, traînant les pieds, il regagne son lit, s'étend en soupirant. Il a soupiré exactement comme si quelqu'un avait pu l'entendre. Cela lui arrive souvent de jouer pour un observateur imaginaire. Il ne bouge plus, mais il écoute, parce qu'il ne croit pas du tout à cette histoire de feuilles. Il entend marcher, loin, au rez-de-chaussée. Peut-être Clément qui revient de chez Marceline ? Ou peut-être Maxime qui a soif et va prendre une bouteille dans le frigidaire ? Ou peut-être personne ? Car il ne peut plus guère se fier à ses sens. Le parquet vient de craquer. Il ne s'agit pas d'un menu claquement sec de fibre que la chaleur fait éclater. Il s'agit d'un grincement, comme celui d'une lame qu'un poids soudain écrase et comprime dans son logement. Parbleu ! c'est un oiseau de nuit qui est entré, tout à l'heure. Une chauve-souris ou quelque jeune chouette égarée, dont l'aile meurtrie, maintenant, racle le sol. Ces vieilles planches, il en faut si peu pour qu'elles gémissent ! Alors, pourquoi rester ainsi figé ? Pourquoi ce souffle court ? Hermantier déteste les bêtes de la nuit. Autrefois, il allumait sa lampe de chevet. Un bref coup d'œil, et il se rendormait... C'est justement ce bref coup d'œil, qui lui manque. Voir simplement que les choses sont à leur place ; après, la nuit n'a plus d'importance. Mais ses paupières soudées ne s'ouvriront plus jamais. Voilà pourquoi il se sent tellement vulnérable. Le grincement continue à se propager le long des veines du bois. Il se déplace et, tout à coup, une pensée inattendue délivre Hermantier. La chatte... c'est sans doute la chatte... Par le toit de la véranda et le tronc de la vigne vierge, c'est si facile de grimper jusqu'à la fenêtre... Il se penche, fait un petit bruit de lèvres pour attirer la bête. Maintenant qu'on la lui a décrite, il se sent capable de la supporter, de la caresser. Il étend la main, mais aucun museau ne vient à la rencontre de ses doigts. La colère gagne Hermantier. Ah! ça, qu'est-ce que c'est que cette idée idiote, qu'il s'est fourrée dans la tête? Le plancher grince, oui, et alors? Qu'est-ce que cela prouve? Va-t-il passer une nuit blanche à épier les bruits, comme un gamin peureux? Cette petite tempête, en surface, révèle la masse pesante d'angoisse qui l'étouffe. Il sort les jambes du lit et, tandis que ses pieds gagnent, à tâtons, le creux des savates, ses mains nouent la cordelière de la robe de chambre.

La fenêtre est, maintenant, grande ouverte. Le vent a-t-il écarté les battants? Il en est là, lui, Hermantier! C'est lui qui, anxieusement, tourne de tous côtés son visage aux yeux clos. C'est lui qui accepte d'être ridicule, grotesque, pourvu que finisse, tout de suite, l'insupportable sensation de n'être plus seul. S'il se trompe, si vraiment il n'y a dans cette chambre, rien d'autre que lui-même, eh bien, il est facile d'en faire la preuve. Il marche vers la porte... Trois rapides enjambées, tout à fait inattendues de la part d'un aveugle. Quelque chose a heurté le pied d'une chaise. Tiens, tiens! Il n'était donc pas si fou!

— Qui est là! demande-t-il à voix basse.

Cette voix, méconnaissable, surgissant ainsi dans la nuit, tandis que roulent encore les derniers échos d'un tonnerre impuissant, l'emplit d'une sorte de majestueuse horreur. Il s'adosse à la porte, tâte la serrure, découvre que la clef a été enlevée. Mais non. C'est lui qui, quelquefois, avant de se coucher, donne un tour de clef et met la clef dans la poche de son veston. Mais il n'a pas du tout envie d'aller fouiller dans ses poches. Seul compte, pour le moment, ce qui se cache là, à quelques pas de lui. Il se dirige vers la table qui est au centre de la chambre. Peut-être, au même instant, une ombre recule-t-elle devant lui, cherche-t-elle à se dérober derrière la table ronde? Peut-être sont-ils face à face? Hermantier s'appuie des deux poings au bord de chêne, avance le buste. Est-ce une respiration, qu'il entend, ou un mouvement de l'air dans les rideaux? Lentement, il se met en route, autour de la table. Et il sent qu'avec cette robe de chambre qui étoffe encore et élargit sa carrure, avec son visage pâle et crispé qui doit flotter dans la pénombre, c'est lui qui présente l'apparence la plus formidable, c'est lui qui doit écraser l'autre... si l'autre existe. Il voudrait le faire crever de terreur. Il tourne, levant bien les genoux, appuyant bien les pieds, comme à la chasse, au moment où l'on va surprendre le gibier immobilisé sous le museau du chien. Et il perçoit, sur la peau de ses mains, comme un léger coup d'éventail, un imperceptible déplacement d'air. Est-ce qu'il rêve depuis dix minutes? Est-ce qu'il se donne la comédie? Ou bien traque-t-il vraiment un être réel, un être humain qui pourrait, tout à coup, renoncer à la fuite et frapper? Hermantier a fait le tour complet de la table. L'adversaire a-t-il simplement continué de reculer devant lui ? Ne s'est-il pas plutôt réfugié du côté du bureau ? Les planches recommencent à craquer, dès qu'Hermantier manœuvre pour se rapprocher du meuble. Il n'imagine pas du tout qui pourrait s'amuser, au milieu de la nuit, à venir lui rendre visite. Personne de la maison, à coup sûr.

— Répondez ! murmure-t-il. J'exige une réponse, tout de suite.

Il y a eu un déclic. Ou bien est-ce sa chevalière qui a heurté l'angle du bureau ? Plutôt le déclic de la lampe. Hermantier s'immobilise. Si la lumière est allumée, il n'a aucun moyen d'en ressentir l'éclat, d'en éprouver le rayonnement. Il lui est profondément pénible de penser que la lumière brille pour l'autre. Il se sent bafoué et réduit à l'impuissance. Malgré lui, il recule d'un pas, car il a peur du coup qui va venir. L'autre n'a qu'à choisir l'endroit et le moment. Et Hermantier comprend. Il comprend que, depuis la grenade, il se méfie comme si, un beau jour, fatalement, le coup de grâce devait lui être porté. Il n'a jamais cessé de penser, au fond de lui-même, que la grenade n'était qu'un commencement. Cela ne signifie rien, d'accord. Il n'empêche que ses mollets tremblent un peu et qu'il est comme une bête soudain raidie, devant le seuil de l'abattoir.

— C'est de l'argent que vous désirez ?

Il cache ses mains dans les poches de sa robe de chambre, et attend. Les feuilles s'égouttent. Un oiseau passe en criant. A-t-il vu le grand rectangle de lumière couché sur le jardin ? Cette fenêtre éclairée doit s'apercevoir de la grille. Etrange voleur qui signalerait ainsi sa présence à tout venant! Après tout, c'était peut-être la chevalière, tout à l'heure?... Hermantier reprend sa marche. En pleine clarté ou en pleines ténèbres? Il atteint la lampe. Sa main monte vers l'ampoule. L'ampoule est tiède.

Pour être sûr de ne pas se tromper, Hermantier la démonte, l'appuie sur sa joue. Elle est à peine plus chaude que la peau. Ou elle n'a brûlé que durant quelques secondes, ou elle est déjà presque refroidie. Mais on peut affirmer qu'elle a été allumée. C'est presque une certitude et c'est terrifiant, plus terrifiant que tout le reste. Car Hermantier peut se laisser tromper par n'importe quel signe un peu ambigu. Mais pas par le contact d'une ampoule. Il y a quelqu'un dans la pièce, homme ou femme, quelqu'un qui, se voyant découvert, a pris le risque d'éclairer, le temps de chercher une cachette. Hermantier se redresse.

— Parlons! dit-il. Cessez ce jeu!

Rien ne bouge. Qu'est-on venu faire dans sa chambre? Le voler? Non-sens. Le tuer? L'occasion était beaucoup plus belle un quart d'heure auparavant. Décidément, rien de ce qui se passe autour de lui n'a la moindre signification. Et, soudain, il entend le ronronnement de la Buick qui repart. Elle s'éloigne, en première, le moteur légèrement accéléré à cause du cassis de la grille. Maintenant, elle écrase les graviers de la route. Hermantier serre son front dans ses mains. Il est pourtant parfaitement capable de réfléchir. Il est sûr de ne pas s'être trompé. La voiture est entrée, puis ressortie, alors que, normalement, c'est le contraire qui aurait dû se produire... Mais il y a plus urgent que l'auto. Hermantier contourne le bureau, tous les sens tendus. Le silence est total. Alors, très vite, il ferme la fenêtre, croise l'espagnolette, puis, sans se presser, marche jusqu'à la porte et allume le lustre. Enfin, il s'assied sur son lit. Il n'a plus qu'à attendre. Ce ne sont pas ses nerfs qui flancheront les premiers.

Le temps commence à couler, au rythme lent de la pendule. Depuis que la fenêtre est close, le jardin s'est tu ; la pluie a cessé de se faire entendre. C'est un silence de cellule, qui bourdonne aux oreilles d'Hermantier. Parfois, retentit un lointain craquement de charpente. Mais il est impossible de saisir le moindre souffle vivant, la moindre preuve que quelqu'un vit là, tout près, entre ces quatre murs, attendant l'occasion de se délivrer. Il n'y a personne. Il n'y a jamais eu personne. L'immobilité prolongée ramène peu à peu le sommeil dans les membres d'Hermantier. Sa tête vacille. Mais il est bien décidé à ne pas dormir. Il veut obliger l'autre à demander grâce. Et si, dans l'épais silence, une voix s'élevait tout à coup, si cette voix disait à son tour :

— Hermantier, cessez ce jeu. Causons !

Hermantier tomberait peut-être comme une masse, foudroyé par l'émotion. Il ne veut pas provoquer de pareilles pensées. Il continue à monter sa garde dérisoire, le menton posé sur les poings. Il est en sueur et il sent que ses pieds sont glacés. Pour tenir, il s'oblige à examiner de petits problèmes, celui de la Buick, par exemple. Maxime a sans doute voulu risquer son argent au casino de La Rochelle. Donc, il est parti en voiture, puis il est rentré. Seulement lui, Hermantier, a entendu l'auto rentrer, puis l'auto partir. En somme, depuis qu'il a perdu la vue, les lois de la simple logique ont cessé de s'appliquer. Comment s'étonner dès lors si Christiane, si Hubert et Maxime lui-même le traitent en malade ! Voyons, on pourrait raisonner ainsi : de deux choses l'une, ou la Buick est bien dehors ou, en dépit des apparences, elle est dedans. Si elle est dedans, ma foi, il faudra bien s'avouer...

Hermantier frotte ses mains, ses jambes. Il ne sait plus s'il y a longtemps qu'il est assis là, comme un prisonnier. Il en a assez de cette attente stupide. Il se lève, cherche la chaise qui porte ses vêtements. La clef de la porte est bien dans la poche de son veston, sous le mouchoir. Il la prend et... tant pis... il ouvre. Aucun bruit, dans le corridor. Il referme la porte, donne un tour de clef et, une main au mur, s'éloigne vers l'escalier. Ce n'est pas plus impressionnant de traverser la maison à deux heures du matin qu'à deux heures de l'après-midi. Pour lui, du moins, l'impression est exactement la même. Il avance dans le hall comme une ombre, sans rien heurter. Dans la véranda, les sièges ne sont pas à leur place habituelle. Ils ont l'air d'avoir été poussés en désordre et il y a, dans l'air, une odeur d'alcool et de tabac refroidi. La porte du jardin est verrouillée. Hermantier tire le verrou, descend la marche. Si l'on s'aperçoit qu'il est sorti, il dira qu'il avait besoin de respirer, de marcher pour dissiper sa migraine. Il ne pleut plus. Le vent est tombé. Des grillons chantent. Mais Hermantier ne prête pas attention à la beauté tranquille de la nuit. Il chemine le long de la bordure de l'allée que son pied suit comme un rail. Il a ses repères. Il compte ses pas et marche plus vite parce qu'une grande et nouvelle impatience s'empare de lui. Il traverse l'aire cimentée qui s'étend devant le garage et ouvre la petite porte découpée dans le panneau à glissière. Ses jambes butent tout de suite dans le pare-chocs de la voiture.

Elle est là. Elle est bien là. Ses mains reconnaissent le galbe des ailes. Ses doigts détachent, sur les flancs de la malle, des plaques de boue. Elle a roulé. Mais Hermantier n'a pas le courage de conclure. Il s'appuie sur le flanc de la Buick. Il respire très vite, comme un homme poursuivi. Il attend l'aube.

CHAPITRE VII

Hermantier rencontra Clément dans la véranda.
— Monsieur est déjà levé ? Il est à peine sept heures !
— Un peu de migraine, Clément... Je ne suis pas fâché de vous trouver là. Venez donc avec moi. Vous allez me rendre un petit service.

Ils montèrent tous les deux l'escalier, Clément à trois pas derrière, toujours un peu trop obséquieux. Hermantier s'assura que sa porte était bien fermée à clef. Il l'ouvrit, fit entrer le chauffeur.
— Le lustre est toujours allumé ?
— Oui, dit Clément.
— La fenêtre ?
— Elle est fermée, Monsieur.
— Regardez si l'espagnolette est tournée.

Il entendit le chauffeur qui traversait la chambre.
— Oui, Monsieur... Si Monsieur veut écouter, il va m'entendre ouvrir.

L'espagnolette grinça en se rabattant, puis un courant d'air frappa Hermantier au front. Alors il referma la porte et soupira. La preuve était faite qu'il s'était battu contre une ombre, puisque la pièce était telle qu'il l'avait laissée.

— Merci, Clément... Encore une question. Vous ne voyez rien d'anormal, ici? Regardez bien... Prenez votre temps.

Clément penserait ce qu'il voudrait. Cela n'avait vraiment plus d'importance.

— Non, Monsieur... Tout est comme d'habitude.

— Ce n'est pas vous qui vous êtes servi de la voiture, cette nuit.

— Mais... non, Monsieur.

— Attendez!... Vous m'avez dit, le lendemain de notre arrivée : « Il y en a peut-être d'autres, avant moi, qu'il faudrait accuser. » Vous vous rappelez? Nous avions eu une petite discussion.

— Oui, Monsieur... Je me rappelle.

— Eh bien, qu'aviez-vous en tête, à ce moment-là? Parlez, n'ayez pas peur. Je ne me fâcherai pas.

— Rien, Monsieur. J'ai dit cela sans réfléchir, parce que j'étais en colère.

— Vous en êtes bien sûr?

— Oui, Monsieur.

De ce côté-là aussi, le passage était muré. Toutes les mesures avaient été prises. Consigne : ne pas inquiéter le malade; ne pas alimenter sa neurasthénie...

— Ça va, Clément. Je vous remercie.

Le chauffeur sortit, s'éloigna doucement, et ces précautions irritèrent Hermantier. Il chercha son paquet de cigarettes, souffla une bouffée de fumée. C'étaient d'infectes cigarettes blondes. Depuis quelques jours, Christiane s'obstinait à lui acheter ces américaines au goût équivoque, sous prétexte que les gauloises le faisaient tousser. D'un côté, tout le monde mentait pour lui rendre ses vacances plus agréables, plus douillettes. Et, de l'autre, il y avait vingt détails grimaçants qui lui interdisaient toute détente. La fraîcheur du matin, peu à peu, dissipait les fantômes. Non, il n'avait jamais eu peur. Jamais sa pensée n'avait été plus alerte, plus vigoureuse dans ses méandres, plus ferme en ses intentions secrètes. Il était bien décidé à mener le jeu jusqu'au bout. Et c'était bien un jeu, un jeu de colin-maillard, cruel et passionné, où il n'était pas facile de désigner la proie.

Il y avait du soleil sur le lavabo, une large coulée déjà brûlante que sa main traversait quand elle voyageait jusqu'à la tablette pour attraper le peigne ou la brosse à dents. La journée allait encore être torride. Un pas traversa le palier : Hubert, déjà chaussé comme à la ville. Des volets claquèrent contre le mur : Christiane, qui venait de se lever. Dans la cuisine, le moulin à café grinçait. Seul Maxime ne donnait pas encore signe de vie. Un instant, Hermantier eut envie d'aller frapper à sa porte. Maxime lui expliquerait ce qu'il avait fait de la Buick. Il commençait à en prendre un peu trop à son aise... Et, en somme, il pouvait si aisément abuser de la situation ! Il lui suffisait d'inscrire cent mille, sur un chèque, au lieu de trente-cinq mille !

Hermantier, des deux mains, saisit les bords du lavabo. Cette pensée, il ne l'avait pas sentie venir. Et maintenant il restait courbé, la bouche entrouverte, brûlé par son soupçon. Maxime n'était pas capable... Si, il en était parfaitement capable, au contraire. Toutes les petites indélicatesses qu'il avait déjà commises revenaient en foule à l'esprit d'Hermantier. Des indélicatesses sans portée, sans gravité, qui n'empêchaient pas Maxime d'être un charmant garçon, bien sûr !... Il n'avait jamais su, comme on dit, la valeur de l'argent. Il aimait trop la vie.

Hermantier mouilla la main-éponge, se baigna le front, les oreilles. Qu'allait-il chercher ? D'ailleurs, est-ce que Christiane ou Hubert n'auraient pas déjà flairé quelque chose, si Maxime s'était permis... Christiane avait l'œil, pour tout ce qui touchait au compte en banque ! Oui, mais le chèque ne datait que de la semaine passée. Il faudrait attendre le relevé. A moins de... « Il y en a peut-être d'autres, avant moi, qu'il faudrait accuser. » Clément allait souvent à La Rochelle ou aux Sables. Il entendait parler, dans les bars, autour du casino... et Maxime était bien connu sur la côte.

Hermantier but dans le verre dont son frère s'était servi pour avaler ses cachets. C'était abominable d'accuser ainsi, sans la moindre preuve. « J'en suis là, songea Hermantier. Je me méfie de tout, de tous, parce que je ne peux pas les voir. Mais n'ont-ils pas raison de mentir ? On ne doit plus la vérité à un malade ! » Et il se demandait déjà, tout en se méprisant, si le chiffre porté sur le chèque était seulement de cent mille... Si ce n'était pas plutôt cent cinquante... deux cent mille... Pourquoi pas ? Et ce petit ton protecteur de Maxime ! N'est-il pas naturel de tutoyer les vaincus, de les mépriser, de les dépouiller ?

Chaque mot, chaque image était une douleur. Hermantier, une seconde fois, vida le verre. Puis, à la diable, il noua sa cravate, enfila son veston. En passant devant la pendule, il tâta les aiguilles : huit heures et quart. Christiane devait être habillée. Il sortit, compta les portes.

— Je peux entrer ?

Elle ouvrit. Il agitait doucement sa main devant lui, comme pour capter les effluves de Christiane et les transformer en lignes, en couleurs, en fragments de silhouette, mais il ne saisissait rien d'autre qu'un parfum élégant, le fantôme de l'être qu'il avait tellement aimé et il demeurait, la main tendue, comme un mendiant.

— Eh bien, dit Christiane, qu'est-ce qu'il y a ?
— Est-ce que je peux vous parler ?
— Voyons, Richard, quelle question ! A vous entendre, on croirait que vous êtes en visite.

C'était exactement l'impression qu'il éprouvait. Il entra, s'adossa à la porte, craignant les embûches des chaises et des fauteuils.

— Je passe ma robe de chambre, dit Christiane.

Il l'imagina déshabillée. Il n'arrivait pas à croire qu'elle fût sa femme, la même femme qui avait mis sa main dans la sienne, devant le prêtre, la femme qui lui était unie pour l'éternité. Malgré lui, il tournait imperceptiblement la tête à droite, à gauche, pour capter l'odeur qui montait de la coiffeuse, du lit défait. Il se sentait coupable comme s'il avait éprouvé un désir monstrueux. Il aurait voulu se voiler la face.

— Je vous écoute, dit Christiane, tout en remuant des fioles dans son cabinet de toilette.

— C'est au sujet de Maxime, commença Hermantier... Est-ce qu'il a dépensé beaucoup, ces jours derniers ?

La robe de chambre balaya le tapis. Elle se déplaçait avec un bruit plein de séduction.

— Je n'ai rien remarqué. Vous devez savoir ce que vous donnez à votre frère.

— Je signe les chèques... Mais ce n'est pas moi qui les remplis.

— Oh! Vous croyez que...

— Il joue. Je suis sûr qu'il joue gros jeu... Et je suis également sûr qu'il perd.

— Il me sera facile de me renseigner.

— Merci, Christiane. Vous m'obligerez... Je me trompe sans doute, mais tant que je n'aurai pas une certitude, je me ferai du souci... J'ai eu tort de lui laisser la bride sur le cou; je vais le reprendre en main, le gaillard! Il a des façons que je n'admets pas. Il s'en va. Il revient. Il emprunte la voiture. Il se croit un peu trop à l'hôtel... Je lui parlerai tout à l'heure!

— Non, dit Christiane.

— Quoi? Vous ne m'approuvez pas?

— Ce n'est pas cela, Richard... Asseyez-vous.

Elle le prit par le bras, le guida dans la chambre et il pensa, de nouveau, qu'il avait le droit de venir dans cette pièce, qu'il y était chez lui, qu'il était le mari de Christiane. Il pensa aussi qu'il allait peut-être la ruiner, et il s'assit avec raideur.

— Maxime n'est plus là, reprit Christiane. Il est parti... Il est parti cette nuit.

— Je sais. Il est sorti. Mais il est revenu.

— Non. Il est parti... définitivement.

— Allons! expliquez-vous! cria Hermantier. J'en ai assez de ces mystères.

— Il n'y a pas de mystère là-dedans, dit Christiane

tristement. Ce que je craignais depuis le premier jour est arrivé. Maxime est allé à l'office, sous prétexte de boire un soda. Et la scène a éclaté avec Clément. Quand nous sommes arrivés, Hubert et moi, ils étaient prêts à se battre. C'était du joli ! Clément voulait qu'on vous prévienne. Je m'y suis opposée. Vous dormiez, et puis il valait mieux en finir une bonne fois. Maxime l'a d'ailleurs compris. Il était dans son tort et il a préféré filer sans attendre. Non ! Quelle soirée ! Marceline qui pleurait d'un côté ; Clément, de l'autre, qui parlait de faire ses valises... J'ai eu toutes les peines du monde à les calmer. Bref, Hubert a conduit votre frère à La Rochelle... Je pense qu'il regagnera Lyon par le premier train. Il est vrai qu'avec lui !...

— Il fallait me prévenir, dit Hermantier.

— Vous prévenir ! Mon pauvre ami, emporté comme vous l'êtes, votre présence n'aurait rien arrangé. Ils étaient comme deux chiens. Sans compter que vous réveiller ainsi, brutalement...

— C'est Maxime qui a décidé de partir ?

— Non. C'est moi qui l'ai mis à la porte. Avec des formes ! Je lui ai dit qu'il pourrait revenir, quand il serait calmé ; qu'il avait besoin de changer d'air. Je lui ai dit aussi que s'il avait quelque souci de votre santé, il ferait bien...

— Oui, oui. Alors ?

— Eh bien, il n'a pas insisté. Il est monté doucement chercher ses affaires, pendant qu'Hubert sortait l'auto. Avant de partir, il m'a dit : « Je m'excuse, Christiane. J'ai perdu la tête. Je suis désolé pour vous et pour Richard ».

— C'est tout ?

— Oui.
— Il avait l'air sincère ?
— Oui.
— Où Hubert l'a-t-il déposé ?
— Devant l'Hôtel des *Deux Iles*. Il paraît qu'il faisait là-bas un orage épouvantable.
— Vous n'avez pas demandé à Maxime s'il avait de l'argent pour son voyage ?
— Non. Je n'y ai même pas pensé. Je n'avais qu'une hâte, je vous l'avoue, le voir filer.
— A quelle heure Hubert est-il rentré ?
— Une heure et quelque chose... Pourquoi ?

Hermantier hésita. C'était tellement extravagant ce qu'il avait à dire ! Pouvait-il avouer qu'il avait entendu arriver une auto qui s'éloignait, et s'éloigner une auto qui arrivait ? Et pourtant, il n'y avait pas moyen de sortir de là.

— Pauvre Maxime, tout de même, murmura-t-il.
— Quoi ! Vous n'allez pas le plaindre. Tout à l'heure, vous vouliez le réprimander ! Je ne vous comprends pas.
— Semblait-il très fatigué ?
— Il n'avait sûrement pas bonne mine, mais avec la vie qu'il mène...
— Nous n'avons peut-être pas suffisamment veillé sur lui, Christiane. Au fond, il est plus malade que moi. Je vais vous demander quelque chose... Promettez-moi de ne pas vous fâcher... Vous allez dire à Hubert de vous conduire là-bas.
— A La Rochelle ?
— Oui... à La Rochelle... et si Maxime n'est pas encore parti, vous le ramènerez.

— Richard ! Vous rendez-vous compte ?

— Oui. Mais je me rends compte aussi qu'il a besoin de moi, ce petit. Je veux qu'il sache que ma maison lui est toujours ouverte. Moi, je ne l'ai pas mis à la porte.

— Vous me donnez tort ?

— Mais non.

— La vie sera intenable, s'il revient... Et il y a de grandes chances pour que Clément nous quitte.

— Eh bien, il nous quittera. J'aime mieux mon frère que votre chauffeur.

Hermantier se mit debout. La colère lui tirait le coin des lèvres. Dire qu'il avait cru, un instant, que la guerre était terminée. Cette petite guerre d'escarmouches, d'embuscades, de coups de main, où il n'était pas le plus fort. Allons ! Pas de faiblesse ! Pas de pitié !

— Vous allez partir tout de suite. Et vous direz à Maxime que je lui ordonne de rentrer... Quant à Clément, je me charge de le calmer.

C'était avec cette voix-là qu'il s'était fait ses ennemis les plus irréconciliables. Il attendit un refus, une protestation ; elle devait le détester, à cette minute. Il se détestait bien, lui ! Pourtant, elle gardait le silence. Il s'approcha de la porte, se retourna.

— Maxime est un enfant, dit-il. Et même s'il a triché un peu pour les chèques... que diable, j'ai les reins solides !

Aucun bruit du côté de Christiane. On aurait pu croire qu'elle n'était plus dans la chambre. Hermantier sortit et, une main au mur, se dirigea vers l'escalier. Hubert prenait son petit déjeuner dans la véranda. Il se leva quand Hermantier fut près de lui.

— Bonjour, cher ami. Avez-vous bien dormi ?
— Ça va, grogna Hermantier. Restez donc assis. Christiane vient de me raconter, pour mon frère...
— Ah ! Elle vous a dit ?

Pourquoi la voix d'Hubert chevrotait-elle ? Qu'est-ce qu'il craignait ?

— Il faut ramener Maxime, reprit Hermantier. Tout de suite ! Il a sans doute eu tort de se quereller avec Clément mais, s'il rentre à Lyon, il est fichu de tomber malade. Donc, pas d'hésitation ! Vous allez accompagner Christiane à La Rochelle et vous me collerez d'autorité Maxime dans l'auto.

— Eh bien, je préfère cela, déclara Hubert. Ce pauvre Maxime, franchement, le voir partir comme un domestique congédié...

Hermantier écoutait de toutes ses forces. Il y avait quelque chose, dans le ton d'Hubert, qui n'était pas net. Mais quoi ? Sans le moindre doute, il était soulagé par la décision prise. Trop soulagé. Comme s'il avait eu très peur, au début.

— Racontez-moi ce qui s'est passé dans l'office ? demanda Hermantier, négligemment.

— Oh ! c'est très simple. Nous allions monter nous coucher. Votre frère avait soif. Il est allé chercher une bouteille dans le frigidaire. Il a vu Marceline seule, il l'a probablement embrassée, et Clément est arrivé au même moment, par la porte de derrière... Quand nous les avons surpris, Christiane et moi, ils semblaient sur le point d'en venir aux mains.

Hermantier beurrait ses tartines, lentement. Il essayait de voir la scène, Maxime se penchant sur Marceline, peut-être simplement pour narguer le chauffeur. Mais pourquoi Maxime aurait-il cherché un éclat ?

— Il n'a pas protesté, quand Christiane l'a prié de partir ?

— Non.

Voilà, justement, ce qui était bizarre !

— Je vais prévenir Clément, dit Hubert.

— Mais... vous n'y pensez pas ! S'il voit Clément au volant, jamais Maxime ne consentira... Vous conduirez vous-même, comme cette nuit.

— Juste ! dit Hubert. Décidément, cette histoire m'a troublé la cervelle.

Son enjouement sentait l'effort. Il sortit sa boîte de cachous, comme il faisait toujours quand il était perplexe.

— Eh bien à tout à l'heure. J'espère que nous vous ramènerons l'enfant prodigue.

« Faux jeton ! », pensa Hermantier. Mais il se força à sourire. Les talons de Christiane claquaient dans le hall.

— Faites vite ! lança Hermantier.

Il posa son couteau sur la nappe, inclina la tête pour ne laisser perdre aucun bruit. La Buick démarra et le moteur ronfla plus fort, au passage du cassis. Exactement comme cette nuit ! Impossible de confondre un départ et une arrivée. Hermantier tâtonna, retrouva le couteau, le beurrier. Le beurre avait un mauvais goût. Il n'était pas assez salé. Ou bien était-ce lui, à cause de sa maladie, qui ne sentait plus les choses comme avant ?

— Monsieur a fini ?

— Oui... Dites-moi, Marceline... où est Clément ?

— Dans le jardin, Monsieur. Il arrose.
— Merci.

Hermantier repoussa sa chaise. Interroger cette fille ? A quoi bon ? Elle mentirait pour s'innocenter. Ou bien, au contraire, elle donnerait quelque détail gênant, pour le plaisir de l'embarrasser. Petite garce ! Il descendit la marche. Au fond, de sa chambre à la grille, de la grille à sa chambre, il accomplissait toujours les mêmes gestes, comme un prisonnier. C'était beaucoup plus que du repos. C'était de la réclusion volontaire. Avait-il raison de vivre ainsi cloîtré ? Ce n'était pas la première fois qu'il se posait la question, mais une sorte d'angoisse secrète l'empêchait de répondre. Et le souvenir de sa récente promenade sur la côte ajoutait encore à cette angoisse comme une pointe d'effroi. Il sut, brusquement, pourquoi il voulait que Maxime revînt. Maxime ne refuserait pas de coucher dans la chambre voisine. Il suffirait alors, en cas de besoin, de frapper à la cloison... Car il y avait une chose à laquelle Hermantier n'avait, jusqu'à présent, prêté aucune attention particulière : leurs chambres à tous étaient éloignées de la sienne. Il était isolé comme un lépreux. Pourquoi ? Mais pourquoi pas ? Encore une question idiote.

— Vous êtes là, Clément ?
— Oui, Monsieur... vous entendez le jet d'eau.

On ne pouvait décidément lui parler sans le trouver en train de manier une lance d'arrosage.

— Venez ici, Clément.
— Bien, Monsieur.

Ses brodequins grinçaient. Il sentait la sueur, le vêtement mouillé.

— J'ai appris ce qui s'est passé la nuit dernière, dit Hermantier.

— Ah !

Même intonation inquiète que celle d'Hubert.

— Je vous prie d'excuser mon frère, murmura Hermantier.

Les excuses, ce n'était pas son fort. Et il n'était pas fâché que Maxime... Enfin, Clément n'avait qu'à se débrouiller pour garder Marceline.

— N'oubliez pas, de votre côté, que mon frère n'est pas très bien portant... C'est pourquoi il va revenir.

— Monsieur Maxime va revenir ? interrogea Clément d'un ton incrédule. Incrédule et peut-être insolent.

— Ça vous étonne ?

— Oui, ça m'étonne... après ce qui s'est passé.

— C'est ainsi, pourtant. Maintenant, je désire... vous entendez, Clément, je désire que des scènes comme celle d'hier soir ne se reproduisent plus.

— Que Monsieur se rassure...

Clément aussi jouait faux, affreusement faux. Il faisait la bête et il avait l'air d'y prendre un certain plaisir.

— C'est bon, coupa Hermantier. Je veillerai à ce que chacun reste à sa place. Vous pouvez disposer.

— Bien, Monsieur.

Cette voix qui voulait paraître soumise et qui trahissait la jubilation. Le sale individu ! Il aurait été heureux de cogner sur Maxime parce que Maxime c'était un peu Hermantier lui-même. « Je n'ai pas besoin qu'on m'aime ! », songea Hermantier en se dirigeant vers la grille. Les œillets embaumaient. L'air ronflait d'insectes. Le petit pêcher devait être entouré de guêpes. Hermantier serra les poings autour des barreaux de la grille. Ils étaient brûlants. Un moment, il eut envie de sortir, de marcher entre les talus pelés vers le village. Il n'osait pas tourner la poignée de fer à cause de Clément qui entendrait et sourirait, là-bas, tout seul. Et pourtant ! S'en aller ! Abandonner famille, métier, et cette peur méprisable qui reviendrait, maintenant, nuit après nuit... Etait-ce sa faute s'il devenait lâche ?

Il fit demi-tour. Heureusement qu'il y avait Maxime. Une hâte incroyable s'emparait de lui. Revoir Maxime ! Et tant pis s'il demandait beaucoup d'argent. Il apportait, en retour, la sécurité, la paix. Tant qu'il serait là, il n'arriverait rien. Hermantier regagna la maison, appela Marceline.

— Vous allez préparer la chambre à côté de la mienne. Désormais, mon frère l'occupera.

Quoi ! Qu'est-ce qu'il avait encore dit d'étonnant ? Pourquoi ne répondait-elle pas, ne bougeait-elle pas ? Il la sentait pétrifiée, devant lui.

— Eh bien, allez, Marceline. Vous m'avez entendu ?

— Oui, Monsieur.

Elle s'arrachait les mots, et sa voix tremblait.

— De ma chambre, je le surveillerai. Il faudra bien qu'il soit sage.

— Oui, Monsieur.

— Comment ? Vous pleurez ? Marceline ! Revenez !

Elle avait déjà disparu dans l'escalier. Elle aimait donc sincèrement Maxime ! Peut-être l'avait-il mal jugée, cette fille, après tout. Il monta les marches, à son tour. Le parfum des œillets et des roses venait jusqu'ici, emplissait le couloir. Il entra dans sa chambre, tira le fauteuil devant la fenêtre et alluma une cigarette. Tout doucement, épuisé par cette nuit sans sommeil, il s'endormit, et ses yeux s'ouvrirent sur des songes admirables. Il n'entendit pas rentrer la Buick. Il n'entendit pas davantage les voix qui chuchotaient, au rez-de-chaussée, ni les pas dans l'escalier. Christiane dut frapper plusieurs fois à sa porte. Alors, sous ses paupières, les couleurs se fanèrent, les formes fondirent, l'obscurité revint et il s'éveilla, la tête lourde, incertain de l'endroit où il allait reprendre pied.

— C'est moi, Christiane.

Il se leva, d'une détente.

— Entrez, Bon Dieu. Où est-il ?

Déjà il avait compris et se rasseyait lourdement.

— Il était parti, dit Christiane. Nous sommes arrivés trop tard.

— Il y avait un train ?

— Pour Paris, oui... A tout hasard, Hubert lui a tout de même envoyé un télégramme à Lyon, comme si c'était vous qui aviez écrit : *Incident réglé. Reviens. Affections.*

— C'est bien la première fois qu'il prend une initiative intelligente, grommela Hermantier. Attendons ! J'espère que cet imbécile de Maxime...

— Mais oui, fit Christiane. Vous avez tort de vous faire tant de mauvais sang.

Elle marqua une brève hésitation.

— Savez-vous qui j'ai rencontré, à La Rochelle ? Les Bellème.

— M'intéressent pas.

— Ils m'ont longuement demandé de vos nouvelles... Ils passeront demain.

— Comment ?

— Je les ai prévenus que vous n'étiez pas très bien et que vous resteriez probablement dans votre chambre.

— Sûrement ! Je ne pouvais déjà pas les supporter... avant ! Alors, maintenant...

— Il m'était difficile d'être impolie avec des gens qui ont toujours été excessivement corrects. Mais je leur raconterai que vous êtes souffrant.

— Au fond, vous ne tenez pas, vous non plus, à m'envoyer des visiteurs. Avouez-le.

— Richard !

— Dieu sait ce qu'ils verraient, hein, ce qu'ils penseraient ! Peut-être seraient-ils épouvantés ? Non ? Ce n'est pas cela ?

— Richard ! Je n'aime pas vous entendre parler ainsi.

— Mettons que je plaisantais. Et pourquoi tiennent-ils tellement à venir, vos Bellème ?

— J'ai cru comprendre qu'ils seraient heureux de voir le travail d'Agostini, avoua Christiane. Ils ont eu aussi de sérieux dégâts et ils ne savent pas à qui s'adresser. Ils ont l'air en pleine prospérité. Il m'a expliqué qu'il avait acheté deux autres filatures, à Roubaix. Et si vous voyiez leur nouvelle voiture ! Une Packard ! Un vrai salon.

— Je n'aime pas les Packard. Ça fait nouveau riche.

— Décidément, mon pauvre Richard, quand vous vous mettez à être désagréable... A tout à l'heure !

Elle sortit et Hermantier ferma la porte à clef derrière elle, comme si les Bellème avaient été, déjà, dans l'escalier. Les Bellème ! De vagues connaissances de vacances, qu'ils retrouvaient chaque année. Lui, courtaud, trois mentons et pas de sourcils. Elle, noiraude, sèche, bilieuse, et des dents en or comme une cartomancienne. Mais ignorant leur fortune.

Hermantier donna un coup de pied dans une chaise qui lui barrait le passage. Si les visites devaient commencer, c'est lui qui partirait. Il irait rejoindre Maxime et ils s'en iraient, tous les deux, n'importe où... Partir avec Maxime ! Mais Maxime voudrait-il de lui ?

CHAPITRE VIII

— Alors, c'est bien entendu, dit Hermantier. Dès demain vous vous mettez à l'ouvrage et vous convoquez nos agents d'Espagne et du Portugal. J'ai encore réfléchi à la question, cette nuit. C'est par là qu'il faut commencer. Notre lampe, si nous pouvons la sortir au prix prévu, sera facilement adoptée là-bas. Après, vous effectuerez des sondages, du côté de la Suisse et de l'Italie. J'ai bon espoir. Et tout cela peut être réglé avant le mois d'octobre. Mais remuez-vous, Hubert ! N'oubliez pas que c'est le grand jeu et qu'on va essayer de nous torpiller. Quelle heure avez-vous ?

— Huit heures et quart, dit Hubert. J'ai tout le temps.

— Tout le temps ! Vous avez une heure. Si Christiane n'est pas prête dans un quart d'heure, partez sans elle. Elle fera ses courses plus tard. Il ne s'agit pas que vous manquiez votre train.

— Je ne vous ai jamais vu si nerveux. Voyons, Hermantier, du calme ! Je vous promets de m'occuper de tout.

— Ecrivez-moi longuement, hein ! Les plus petits

détails ont leur valeur, pour moi. Et puis... dès ce soir... un télégramme, si Maxime est à Lyon.

— Vous pensez bien qu'il n'y est pas. Autrement, il vous aurait déjà écrit, depuis trois jours !

— Oui, oui. C'est bien ce que je me dis. Mais alors... où peut-il être ?

Hermantier tâta devant lui, sur la nappe, trouva les deux cachets d'aspirine et la tasse de café. Il avala les cachets.

— Où peut-il être ? reprit-il. Savez-vous ce que je crains ? Il est trop malade pour écrire.

— Allons donc !

— C'est un pressentiment. Je suis peut-être idiot, mais je sens qu'il est malade.

— Ecoutez, Hermantier, ce soir, il sera trop tard. Mais, dès demain, je me renseignerai. C'est bien le diable si je n'apprends pas quelque chose. Pour moi, il a rejoint cette petite actrice, vous savez ?

— Quelle heure avez-vous ?

— Huit heures vingt.

— Allez, partez ! Ne l'attendez pas... Où est Clément ?

— Dans le garage. La voiture est prête. Mes bagages aussi. Alors, restez tranquille. Je n'aime pas vous voir aussi agité.

— Ce n'est rien, dit Hermantier. Un point de migraine.

Peut-être n'aurait-il pas dû prononcer ce mot. Il devina que, de l'autre côté de la table, Hubert l'examinait.

— Vous avez souvent la migraine ?

— C'est la chaleur qui m'incommode.

— Quand même ! A votre place, je ferais venir Méroudy. Il vous a bien soigné, au moment de votre accident. Voulez-vous que nous le prévenions, en passant ?

— Je ne veux recevoir personne. Pas plus Méroudy que n'importe qui.

— Mais c'est justement cela qui m'inquiète. Vous êtes en train de devenir un ours, Hermantier, un bonhomme insociable. Déjà, avant-hier, avec les Bellème, hein, franchement, vous vous êtes conduit d'une manière inqualifiable !

Hermantier se leva, sans répondre, et alluma une cigarette. Il fumait trop. Le tabac lui brûlait la langue et il avait toujours la bouche en feu. Il chercha la carafe. Hubert la lui mit dans la main et l'aida à emplir son verre, puis le regarda boire.

— Soignez-vous bien, fit-il. J'espère vous retrouver d'attaque, dans un mois.

Et, de nouveau, Hermantier crut surprendre dans la voix d'Hubert un optimisme forcé, factice, celui qu'on montre aux malades qu'on sait incurables.

— Ne vous tourmentez pas pour moi, grogna-t-il. Et si quelque chose cloche à l'usine, n'hésitez pas à me prévenir. Je rentrerai... Venez ! Je vous accompagne jusqu'à la voiture.

Le vent s'était levé, un grand vent du sud qui passait sur le jardin en souffles torrides et bloquait la respiration dans la gorge.

— C'est ce temps !... murmura Hermantier en s'essuyant le front et le cou.

Tout son visage était douloureux et il avait une

féroce envie de gratter les cicatrices autour de ses orbites. Hubert lui saisit le bras ; il ne protesta pas.

— Je vous donne ma parole, Hermantier, que je vais prendre l'usine en main, dit Hubert avec une surprenante fermeté. Tout ce qu'on vous demande, à vous, c'est de vous reposer, de ne plus penser à vos affaires. Laissez-vous vivre tranquillement, que diable ! N'êtes-vous pas bien ici ?

« Non ! » faillit répondre Hermantier. Il préféra se taire, mais il devait s'avouer qu'il n'était pas bien, qu'il n'était pas heureux. Il regrettait Lyon chaque jour davantage. Ici, il étouffait. Il avait l'impression d'être lentement étranglé, mais cela, il ne pouvait pas le dire. Surtout à Hubert. Ils arrivèrent près de la Buick.

— Ah ! voici enfin Christiane, dit Hubert. Allez, bon courage, Hermantier !

Il lui serra la main, tandis que Christiane, essoufflée, jetait des paniers dans la voiture.

— A tout à l'heure, lança-t-elle. Vous n'avez besoin de rien ?

— Non, partez vite. Vous êtes déjà suffisamment en retard.

La Buick franchit le cassis en ronronnant. Hermantier, encore une fois, écoutait le bruit. Parbleu ! Aucune erreur n'était possible ! Il haussa les épaules et alla refermer la grille. Cela lui prit pas mal de temps, à cause des longs crochets de fer qu'il fallait introduire dans leur logement. Il s'épongea la figure et alluma une cigarette. La journée s'ouvrait devant lui, suite interminable d'heures vides durant lesquelles sa pensée ne cesserait pas une minute de ruminer des soucis.

Des soucis que personne ne pouvait plus partager, puisque Maxime était parti. Accepterait-il de revenir ? Susceptible comme il l'était ! La vie sans Maxime ! « Autrefois, pourtant, songea Hermantier, je me passais bien de lui ! » C'est qu'autrefois il avait la bataille quotidienne. Maintenant, la lutte était finie. Hermantier remonta l'allée, dans le vent lourd dont la poussée le faisait, par moments, chanceler. « Il faudra que je lui pose la question, que je le somme de me dire la vérité. Qu'est-ce qu'ils craignent, tous ? » Encore cette pensée, tenace, obsédante. Mais comment l'empêcher de bourdonner dans sa tête comme une mouche venimeuse. Ils craignaient quelque chose, Hermantier en était sûr. Il sentait bien qu'on l'observait, qu'on le guettait, avec une inquiétude qui finissait par devenir presque palpable. On affectait de le traiter exactement comme avant l'accident, mais l'atmosphère n'était plus la même. Lauthier avait dû leur faire quelque confidence redoutable, et ils vivaient, désormais, dans une sorte d'attente angoissée, de plus en plus perceptible. Ils étaient à la fois trop aimables et trop sur leurs gardes. Exactement l'attitude qu'on a avec un fauve qu'on sait apprivoisé mais capable, à chaque instant, d'un mouvement féroce. Cependant, Hermantier était à peu près certain qu'ils ne craignaient pas de le voir devenir fou. Une intuition ! C'est fragile, une intuition, mais, depuis qu'il vivait dans le noir, il était bien obligé de s'en remettre à ce toucher immatériel. La folie, lui-même avait cru la frôler, parfois. Surtout quand il avait palpé les trois pêches. Pourtant, de telles illusions, si elles sont terrifiantes, ne réussissent pas à ébranler profondément la certitude qu'on éprouve d'être sain d'esprit. On doute de soi, mais pas longtemps. Non, il y avait autre chose. On aurait juré qu'ils s'attendaient à le voir tomber, subitement, foudroyé par quelque mal mystérieux qui, en ce moment même, était peut-être en train de mûrir dans sa chair. Voilà pourquoi ils étaient si prévenants. Ils le gâtaient, ils essayaient par tous les moyens de rendre ses derniers jours plus paisibles. Tous les petits mensonges qu'il avait surpris étaient ceux qu'on prodigue à un agonisant, quand tout espoir est perdu. Même les sœurs, même les prêtres, mentent au chevet des moribonds. Hermantier s'arrêta. Le sang battait dans sa tête. Il souffrait abominablement, malgré les cachets. Et il avait beau tâcher d'imaginer son mal, il se sentait comme d'habitude, la migraine à part. Solide sur ses jambes, la respiration profonde, les bras puissants. Y avait-il, dans ses veines, un caillot prêt à bloquer le cœur ? Ou bien, au moment de l'explosion, un minuscule morceau de métal s'était-il logé dans quelque pli de son cerveau, en un endroit inaccessible ? Etait-ce la paralysie qui le guettait, l'attaque qui terrasse le plus fort et en fait un monstre bavant ? Ah ! c'était peut-être cela. C'était probablement cela. Et ces hallucinations qui l'avaient tellement bouleversé, oui, elles étaient les signes avant-coureurs de...

Hermantier serra ses tempes entre ses poings. Le sang passait, passait, sous ses paumes, en ondes rapides et il le voyait, en pensée, circulant dans les mille petits vaisseaux de la cervelle, irriguant cette précieuse et secrète matière qui avait donné la vie à tant d'espoirs, à tant de rêves. Son souffle s'accéléra. D'une seconde à l'autre, il était peut-être en danger de s'abattre... Voilà donc pourquoi Christiane ne sortait presque plus, elle qui, autrefois, passait toutes ses journées au dehors. Pourquoi elle se forçait à être si patiente. Pourquoi Hubert l'encourageait non seulement à prendre du repos mais encore à lâcher l'usine. Voilà pourquoi Maxime était venu, lui aussi, sous prétexte qu'il était au bout du rouleau... Savoir ce que Lauthier avait dit au juste. Avait-il indiqué un délai ? Six mois ? Trois mois ? Moins ?...

Hermantier était terriblement las, quand il atteignit la véranda. Las et vieux. Il se laissa tomber sur sa chaise longue.

— Marceline !
— Oui, Monsieur.
— Apportez-moi la bouteille de cognac, et un verre.
— Monsieur veut boire de l'alcool, à cette heure ?
— Dépêchez-vous, Marceline !

Il appuya sa tête sur sa main, essaya de se détendre. Ainsi, à force de ressasser les mêmes inquiétudes, il avait fini par faire naître une hypothèse qui expliquait tout. Il en éprouvait, malgré son découragement, une confuse satisfaction. Il avait toujours été fier de raisonner juste, avec des ressources d'invention qui manquaient à la plupart des autres. Marceline posa près de lui la bouteille, emplit le verre.

— Monsieur a tort. L'eau-de-vie donne soif quand il fait si chaud.

— Je vous en prie, Marceline !

Elle s'éloigna vers la cuisine, d'où monta bientôt un bruit de vaisselle remuée. Hermantier avala quelques brûlantes gorgées. Non, son hypothèse n'expliquait pas tout. Elle n'expliquait pas, par exemple, pourquoi il couchait tout seul dans l'aile gauche. Mais, à vrai dire, l'objection n'était pas très solide. Si Christiane était venue s'installer dans la chambre voisine, est-ce qu'il ne se serait pas méfié? Est-ce qu'il n'aurait pas deviné tout de suite ce qu'on voulait lui cacher? Et d'ailleurs — il serra son poing autour de son verre, tellement cette idée le secouait — est-ce qu'on ne venait pas, la nuit, s'assurer qu'il dormait? L'autre nuit, est-ce que quelqu'un, grimpant à la fenêtre, n'était pas venu jeter un coup d'œil dans la chambre? Sottise! Il n'y avait personne. Soit! Mais il aurait pu y avoir quelqu'un... chargé de vérifier s'il n'était pas mort!

Il but les dernières gouttes d'alcool et son bras retomba lentement. Il l'avait désirée de toutes ses forces, la vérité. Il la possédait. C'était plus terrible que tout ce qu'il avait imaginé auparavant. Voici qu'il n'osait plus remuer. Une sueur épaisse sortait de ses joues, de son front, de chaque pli de son cou. Ses vêtements collaient à son corps. Une vague nausée lui monta à la gorge. Se tuer? Oui, bien sûr, se tuer... Mais s'il se trompait? S'il était en train de construire un roman? Quand Maxime sera là, il faudrait lui demander de se procurer du poison... En cas de paralysie, Maxime aurait pitié. Il ferait le nécessaire... C'était tellement impensable, de s'imaginer immobilisé sur son lit, dans une obscurité sans fin, et cela pendant des années. Infirme, passe encore. Mais devenir un déchet, un répugnant débris!

Il chercha la bouteille, sur la table, et but une gorgée au goulot, parce qu'il avait peur de verser le cognac à côté de son verre. Au moment où il reposait la bouteille, il entendit les cloches.

Des cloches qui tintaient doucement, sur un rythme monotone. Les cloches d'un glas. Il reprit la bouteille, avala d'un coup le contenu d'un demi-verre pour chasser ce bourdonnement importun. Car il n'y avait pas de cloches, forcément. Il était à peine neuf heures et demie. A neuf heures et demie, pendant la semaine, il n'y a pas de service. Donc...

Malgré lui, cependant, il tendait l'oreille et les battements lointains, assourdis, d'une cloche lui parvenaient toujours, tantôt plus ténus et presque insaisissables quand le vent s'enflait et traversait le jardin en grondant, tantôt miraculeusement rapprochés, nettement martelés, voyageant sans obstacle à travers quelque creux de l'air, entre deux rafales. L'illusion était extraordinaire. Quand il n'entendait plus rien, il continuait à compter les coups de la cloche, à en prolonger le rythme, en lui-même, et soudain la cloche semblait se frayer un chemin jusqu'à lui, résonnait en cadence, comme un instrument qui, au coup de baguette, avec une précision parfaite, fait retentir sa voix. Et il avait alors l'impression d'être à l'unisson de quelque chant funèbre, de célébrer une pathétique et mystérieuse cérémonie. Jamais il n'avait senti plus fortement l'envoûtement du mirage. Il posa la bouteille près de lui, sur le carrelage, se leva silencieusement, comme si le moindre mouvement avait été capable de suspendre ou de briser la dolente mélodie de la cloche. Sur la pointe des pieds, il s'avança jusqu'à la porte de la véranda. Le vent du sud, de plus en plus chaud, accourait sans trêve d'un horizon probablement envahi de nuées orageuses. Il agitait des branches, sifflait à l'angle de la véranda, mais n'arrivait pas à bâillonner la cloche obstinée, cette cloche qui ne pouvait pas exister, car, si elle avait vraiment résonné, il aurait fallu supposer que...

Hermantier se retourna, cria d'une voix changée :
— Marceline !
Il sursauta quand elle murmura, près de lui :
— Oui, Monsieur. Je suis là.
— Marceline, quelle heure est-il ?
— Dix heures moins vingt.
— Alors, cette cloche, qu'est-ce qu'elle signifie ?
— Quelle cloche ?
— Venez ici... Tenez, écoutez !

Il l'entendait avec une étrange netteté, petite, un peu perdue dans la distance et comme errante, mais tellement vivante que, s'il avait été musicien, Hermantier aurait pu nommer la note qu'elle donnait, là-bas, avec une persistance qui ressemblait à un signe.

— Que Monsieur m'excuse... Je n'entends aucune cloche.

— Allons, Marceline... Vous n'allez pas prétendre...

— Je suis sûre qu'il n'y a pas de cloche. D'abord, quand le vent souffle de ce côté, il est impossible d'entendre sonner les cloches du village. Et puis, à cette heure-ci, je me demande bien qui s'amuserait à les faire sonner.

— Un mariage, peut-être... ou un enterrement ?

— Nous l'aurions appris. Quand je suis allée chercher le pain, ce matin, personne ne m'a rien dit.

Hermantier fit quelques pas dans l'allée, mais il eut

beau s'appliquer, mettre en cornet sa main autour d'une oreille, puis de l'autre, c'était fini. La cloche s'était tue. Le vent s'apaisa un court instant.

— Monsieur s'est trompé, dit Marceline. Si une cloche sonnait, on l'entendrait bien, en ce moment.

Peut-être avait-elle raison. Peut-être était-ce quelque filament nerveux, dans sa tête, qui fonctionnait d'une manière anormale. Les gens hypertendus ont fréquemment des sifflements d'oreille, entendent des sonneries, des carillons.

— Rentrons, murmura-t-il. Ne dites rien à Madame.

Si Christiane avait été là, elle ne l'aurait pas détrompé, elle aurait certainement affirmé qu'elle entendait la cloche. Hermantier reprit sa place, sur la chaise longue, s'enfonça dans une confuse méditation. Christiane aurait menti. Etait-ce la preuve que Marceline avait dit la vérité ? Et si Marceline avait menti, elle aussi ? Par maladresse. Elle ne savait pas très bien dissimuler. Mais lui-même s'embrouillait parmi tant de pensées contradictoires. Il chercha la bouteille. Marceline l'avait enlevée. Elle avait dû croire qu'il était un peu ivre. Voilà pourquoi elle lui avait parlé sur ce ton raide, péremptoire. Pour un peu, elle lui aurait défendu d'écouter, de croire à cette cloche. Et pourtant ! Il lui suffisait de faire le silence, en lui, et elle tintait encore et son timbre était exactement celui de la cloche du village. Cela, il ne l'avait pas dit à Marceline, mais c'était le plus troublant. Car, si le son avait été une illusion de ses nerfs déréglés, il aurait probablement été ou plus haut ou plus bas et d'une qualité différente. Mais juste le même son ! Un peu grave, avec un tremblement du métal à l'instant où le battant heurtait la paroi d'airain...

Hermantier ne pouvait plus rester immobile. Il avait besoin du mouvement maintenant que sa pensée, lancée à fond, travaillait anxieusement, comme autrefois, quand elle était sur la piste d'une découverte. Il s'enfonça dans la maison et tâtonna plus longtemps que d'habitude pour trouver l'escalier. Ses erreurs d'orientation, ses hésitations, rien ne le vexait plus. Il rentra dans sa chambre, ouvrit la fenêtre, s'accouda ; il allumait une cigarette au mégot de la précédente pour entretenir l'excitation qui s'était installée dans ses artères et brûlait en lui comme une petite fièvre. Et tant pis si quelque chose craquait, s'il tombait mort. Cela n'avait plus une très grande importance. De la fenêtre, il entendrait la Buick. Christiane, nécessairement, monterait se changer avant de déballer, dans l'office, les provisions. Il fallait donc attendre. Le vent avait un goût de poussière, de sable chaud. Hermantier n'avait pas souvenir d'un vent du sud aussi fort, aussi brûlant. Il haletait, son mouchoir roulé en boule dans sa main, mais il souffrait beaucoup moins de la chaleur que des idées qui, lentement, avec une précision de plus en plus terrifiante, se levaient dans son esprit.

Il entendit la Buick et, se déplaçant avec précaution, toucha les aiguilles de la pendule : onze heures et quart. C'était à peu près ce qu'il avait prévu. Il entrebâilla la porte de sa chambre, et écouta. Il y eut, en bas, un brouhaha de voix qui s'acheva en chuchotements. Christiane ne dédaignait pas de bavarder avec Marceline, et elle parla longtemps avant de monter.

Enfin, les marches craquèrent, et ses talons pointus s'éloignèrent vers l'autre extrémité du couloir. Au bout de quelques minutes, elle descendit, traînant des mules qui claquaient sur les marches. C'était le moment. Hermantier alla tourner le bouton du poste, prit une musique bruyante. L'émotion faisait trembler ses jarrets. Il ne pouvait plus avaler sa salive. Sur le seuil de sa chambre, il s'arrêta. Quelqu'un traversait la salle à manger ; il reconnut la voix de Christiane mais fut incapable de comprendre ce qu'elle disait. Longtemps après, il reprit sa marche titubante. Il s'appuya de l'épaule au mur quand il sentit, sous ses doigts, la poignée de la porte. Il savait quelle souffrance l'attendait derrière cette porte et il avait besoin de rassembler toutes ses forces. Il entra et, pas à pas, les mains en avant, se dirigea vers l'armoire où Christiane rangeait ses vêtements. Il dut contourner un fauteuil, une table. Le moindre bruit l'aurait dénoncé et il voulait rester seul, affronter seul l'épreuve qui allait venir. Il tira à lui, presque violemment, la porte de l'armoire, et ses doigts commencèrent à fouiller. Ils trouvèrent tout de suite le chapeau, s'enfoncèrent dans les plis amples d'une étoffe, s'immobilisèrent... Puis Hermantier ramena ses mains, les laissa pendre le long de ses flancs et baissa la tête. Il luttait contre le vertige. Il s'était juré qu'il tiendrait et maintenant il se demandait s'il n'allait pas s'effondrer. Une brûlure abominable rongeait ses yeux vides qui ne pouvaient plus pleurer. Il respira profondément pour dénouer l'étreinte qui lui serrait les côtes, et il s'en voulut d'être encore là, vivant, indestructible. S'il devait être abattu par quelque hémorragie, c'était le moment. Il aspirait à disparaître. Il avait assez vécu.

Il referma l'armoire et se retira. Il ne cherchait plus à étouffer le bruit de ses pas. Il était, en quelques secondes, devenu indifférent à tout, mais il ne rencontra personne dans le couloir. Le premier choc passé, il se retrouvait comme engourdi, comateux, et il errait dans la maison comme un visiteur. Il ne reconnaissait plus le grain de la tapisserie. Il avait oublié de compter les portes et il ne savait plus s'il était dans l'aile gauche ou dans l'autre. La chambre où il venait d'entrer, à coup sûr, n'était pas la sienne. Il y flottait une drôle d'odeur de renfermé et de fleurs fanées. Quand il toucha le lit de fer, avec ses boules de cuivre, il sursauta : c'était la chambre de Maxime. Un instinct puissant l'avait conduit, à son insu, dans cette pièce où il ne désirait pourtant pas pénétrer. Il s'assit sur le lit, et ses mains, machinalement, caressèrent les couvertures. Il soupira, se leva parce que l'immobilité et le silence lui devenaient insupportables. La fenêtre était fermée. Il fit le tour de la chambre, palpant au passage la cheminée, la table de nuit, le petit bureau, mais Maxime n'avait rien laissé derrière lui. Même le saxophone était parti. Il y avait des pétales racornis sur la table de nuit et, sur le bureau, un brin d'œillet déjà sec. Hermantier le roula longtemps entre ses doigts, contemplant quelque chose qu'il était seul à voir. Il avait oublié la cigarette qui pendait, éteinte, au coin de sa bouche. De temps en temps, il prononçait des mots d'une voix sans timbre, comme un dormeur tourmenté par un rêve. Il jeta la tige de l'œillet, redressa ses épaules, qu'une crampe raidissait, songea distraitement à Hubert qui devait envoyer une dépêche, puis s'en alla, sans même refermer la porte. Il voulait, encore une fois, retourner là-bas, renouveler l'expérience puisque ses oreilles, son nez, ses mains l'avaient déjà trompé. C'était une dernière chance qu'il s'accordait avant... il ignorait avant quoi... peut-être avant de prendre une décision, à supposer qu'il en eût encore l'énergie. Ce couloir n'en finissait plus, devenait un chemin de croix, avec ses portes comme autant de stations, où il fallait s'arrêter pour écouter les bruits qui montaient d'en bas. Marceline mettait le couvert, l'argenterie tintait et il pensa à la cloche. Il serra les poings, repartit. Il risquait de rencontrer Christiane dans sa chambre. Oserait-il lui expliquer la raison pour laquelle il s'introduisait chez elle ? Heureusement la pièce était vide ; du moins en avait-il l'impression. Christiane n'aurait pas manqué de lui adresser la parole, si elle avait été là. Il retourna à l'armoire, l'ouvrit et jeta ses mains en avant. Il ne trouva que des mouchoirs, des bas roulés, un bouquet de lavande, des piles de linge, entre lesquelles subsistait un vide, une sorte de logement juste assez grand pour recevoir un chapeau. Mais le chapeau avait disparu.

« Elle a fait tout ce qu'elle a pu, songea-t-il. Elle a même pensé à cela. Pauvre Christiane ! Comment la remercier, maintenant ? »

Il était trop tard, trop tard pour tout et même pour prendre la main de Christiane et la serrer avec amour. Il valait mieux se taire, attendre. Dans quelques jours, s'il était encore en vie, si le calme était revenu en lui, s'il avait la force de parler avec sang-froid, alors il lui dirait ce qu'il pensait de son geste. Jusque-là, il n'aurait pas trop de sa volonté pour paraître ignorer ce qu'il devait, à tout prix, ignorer.

— A table ! cria Christiane... Richard !... A table !

Il s'éloigna précipitamment de l'armoire et répondit, d'une voix rauque :

— Voilà ! Je viens.

Il passa son mouchoir sur son visage, attendit quelques secondes. C'était bien difficile d'avoir l'air naturel. Enfin, il descendit l'escalier.

— Vous n'êtes pas fatigué ? demanda Christiane, tout de suite inquiète.

— Non, pas du tout... Seulement, j'ai somnolé... Tiens, je m'aperçois que j'ai oublié de fermer la radio... Marceline, voulez-vous aller éteindre le poste.

Marceline quitta la salle à manger. Hermantier déplia sa serviette, s'assura que son pain était près de lui.

— Il y avait beaucoup de monde au train, dit Christiane. Mais Hubert a tout de même pu trouver un coin.

Elle parlait avec le plus grand naturel, ce qui aida Hermantier à jouer son rôle.

— Je suis contente, poursuivit-elle, de le voir si plein d'allant. Depuis que vous lui avez donné carte blanche, c'est un autre homme. Il m'a encore promis de s'occuper de Maxime. Nous ne tarderons pas à apprendre quelque chose.

— Vous êtes rentrée tard, observa Hermantier.

— Je me suis un moment arrêtée au village, dit Christiane. La grange des Pailluneau a pris feu et tout le monde faisait la chaîne. On a sonné le tocsin. Vous n'avez donc rien entendu ?

— Si, fit Hermantier. Il m'a bien semblé que j'entendais quelque chose. Marceline avait beau prétendre le contraire...

Pauvre Christiane ! Comment aurait-elle pu deviner qu'il avait posé la main sur son chapeau ?

CHAPITRE IX

Hermantier avait encore réclamé la bouteille de cognac. Depuis plusieurs jours, il essayait de se doper. Il avait honte, devant Christiane, de boire cet alcool qui le congestionnait, l'assommait et ne parvenait point à engourdir la pensée qui l'obsédait. Il traînait son ennui, sa peine, dans tous les coins de la maison, s'affalait dans un fauteuil ou sur la chaise longue, somnolait un moment puis allait au jardin où la chaleur ne tardait pas à lui marteler le crâne. Il revenait avaler un cachet, se passait la tête sous le robinet, marchait dans sa chambre, de la fenêtre à la porte, de la porte à la fenêtre en grommelant des choses incompréhensibles. Christiane ne sortait plus. Elle envoyait Marceline faire les courses, avec l'auto. Hermantier sentait bien qu'elle veillait sur lui, de loin, sans en avoir l'air. Et, quand elle se retirait au premier, il y avait toujours quelqu'un à proximité, qui s'arrangeait pour ne pas le perdre de vue. Christiane avait essayé de faire durer les repas plus longtemps ; Marceline avait préparé des mets raffinés. Mais ni les palourdes farcies, ni les filets de sole, ni les pâtisseries savantes ne réussissaient à le tirer de sa méditation morose. Christiane s'évertuait à bavarder, à lui raconter les potins du village, le mariage de la fille Andreau avec un marchand de moules de Marans, la transformation de l'épicerie Marcireau en salon de thé. Il écoutait poliment, sans jamais poser la moindre question. Il ne s'impatientait plus du retard du courrier. Christiane lui lisait les lettres d'Hubert :

« ... *J'ai fait le nécessaire avec nos agents. De ce côté-là, je crois que tout ira bien. J'aurai le devis la semaine prochaine...* »
Suivaient des considérations sur la fabrication de la lampe qui faisaient bâiller Hermantier. Hubert ne manquait jamais d'ajouter un paragraphe concernant Maxime.

« ... *Comme on pouvait s'en douter, Maxime est reparti avec son amie. Si mes renseignements sont exacts, il se trouverait en ce moment à Gérardmer...* »

Il promettait de nouveaux détails, et Christiane ajoutait un commentaire discret.

— Vous auriez tort, Richard, de vous tourmenter pour lui. C'est un garçon qui a besoin de se déplacer sans cesse, un vrai bohème...

Hermantier, d'un mouvement de tête, acquiesçait et, coup sur coup, avalait deux verres de cognac. Ensuite, il s'allongeait sur la chaise longue, murmurait :

— Je crois que je vais dormir un peu, Christiane. Allez donc prendre l'air.

Une fois seul, il se reprochait d'avoir laissé passer le moment. Pendant des heures, il ruminait ses griefs contre lui-même. Il ne se reconnaissait plus. Alors, il prenait des engagements formels, se promettait de parler avant la fin de l'après-midi, au repas du soir, à l'instant d'aller se coucher. Finalement, il remettait au lendemain. Ce fut Christiane qui lui fournit l'occasion cherchée. Ils prenaient le café dans la véranda. Clément et Marceline venaient de partir pour acheter du poisson. L'heure était paisible. On entendait les mouches autour des fleurs.

— Vous avez un bouton qui va tomber, dit Christiane. Je le recoudrai tout à l'heure et j'en profiterai pour dire à Marceline de donner un coup de fer à votre veston. Il en a besoin.

Hermantier n'avait rien prémédité. Il répondit, tout naturellement :

— Mettez donc aussi un crêpe, à mon revers.

Ce fut tout. Le bruit de la cuillère de Christiane s'arrêta. Hermantier s'enfonça paresseusement dans sa chaise longue. Il était délivré. S'il avait su que c'était si simple, il n'aurait pas attendu si longtemps. Christiane reposa doucement sa tasse ; il sentit qu'elle se penchait vers lui.

— Ne vous inquiétez pas, murmura-t-il. J'ai bien encaissé le premier choc. Vous voyez... Je vis. Et maintenant, nous pouvons parler.

— Richard !... Oh ! Richard... Je suis désolée... Si vous saviez comme j'ai de la peine.

Elle serra impulsivement sa main et il crut deviner qu'elle pleurait.

— Merci, Christiane, dit-il.

— Mais comment avez-vous appris ?

— Votre chapeau... Vous l'avez retiré trop tard de l'armoire. J'avais eu le temps de palper votre voile.

— Pourtant...

— Vous oubliez la cloche. Elle ne sonnait pas le tocsin, Christiane. Je sais faire la différence entre un tocsin et un glas.

— J'aurais tant voulu que...

— Je sais, Christiane... Ne pleurez pas. Vous avez été parfaite... Hubert aussi. J'ai décidément de grands torts.

L'angoisse, la peur, la timidité, tous les dangers, tous les fantômes se retiraient. Ce qui restait, c'était une grande tristesse très douce.

— Vos réticences, dit-il, ne pouvaient pas s'expliquer autrement. Je comprends beaucoup de choses depuis que je n'y vois plus.

La main de Christiane serra plus fort son poignet.

— Pardonnez-moi de vous avoir menti, murmura-t-elle. J'avais prévenu Lauthier que ce serait odieux. Il y a des jours où je deviens folle.

— Vous n'avez menti que par omission, Christiane. Ce n'est pas grave. La querelle avec Clément, dans l'office, c'était vrai ?

— Oui. Tout à coup, Maxime s'est mis à étouffer. Nous avons vu tout de suite que c'était grave, beaucoup plus grave que d'habitude... J'ai envoyé Hubert chercher Méroudy... Clément avait tellement perdu la tête qu'il n'aurait jamais su se débrouiller. Le pauvre garçon se croyait responsable. Il était bouleversé... Méroudy venait juste de se mettre au lit. Il s'est rhabillé. Tout cela n'a pas duré très longtemps, mais Maxime râlait quand il est arrivé.

— Si le téléphone avait fonctionné...

— Cela n'aurait rien changé, Richard. Méroudy a diagnostiqué un œdème aigu du poumon. Il a essayé de pratiquer une saignée, mais il n'y avait plus rien à tenter. Votre frère était perdu de toute façon. Il lui aurait fallu des soins constants, et vous savez quelle existence il menait! Nous le voyions changer de jour en jour.

— Il ne se rendait donc pas compte de son état?

— Lui! Il faisait des projets. Si vous saviez tout le mal que j'ai eu à le dissuader d'accepter cet engagement à la Baule et à le décider à venir se reposer ici, avec nous! Se reposer! J'en arrivais à croire qu'il était inconscient.

— Tout est de ma faute.

— Mais non, mon pauvre ami. Vous ne pouviez pas toujours être derrière lui.

— A-t-il souffert? A-t-il compris que...?

— Non. Il a très vite perdu connaissance.

— Vos scrupules étaient respectables, Christiane, mais vous auriez dû me prévenir.

— J'ai voulu le faire. C'est Méroudy qui s'y est opposé... Il sait combien vous êtes... fragile, maintenant. Il nous a conseillé de gagner du temps, de vous préparer peu à peu... Il a aidé Hubert à porter le corps dans la bibliothèque, la seule pièce où vous ne risquiez pas d'entrer... Buvez votre café, Richard. Il va être froid.

— Non, merci... Quand Hubert est sorti, la première fois, il a poussé la voiture à la main, n'est-ce pas?

— Oui... Et aussi lorsqu'il est revenu, après avoir reconduit Méroudy chez lui. Il fallait éviter le bruit. J'aurais fait n'importe quoi pour vous empêcher de descendre.

« Voilà pourquoi j'ai d'abord entendu l'auto arriver, songea Hermantier. Voilà pourquoi Clément est venu me surveiller. Et c'est à lui que j'ai demandé de vérifier si la fenêtre était toujours fermée ! Je ne m'étais donc pas trompé. Peut-être, malgré les apparences, ne me suis-je jamais trompé ! »

Il gardait le silence. Il était encore trop accablé pour réfléchir. Mais il savait qu'il lui faudrait bientôt repenser au pêcher, à l'odeur des pins, à tout ce qui lui avait, peu à peu, fait perdre le goût de la lutte, l'amour de la vie. Christiane se moucha.

— J'aime mieux que vous soyez au courant de tout, dit-elle. Mon Dieu, quel cauchemar ! Ces lettres d'Hubert, que je devais vous lire ! Et toutes ces ruses nous auraient amenés à quoi ? Il aurait bien fallu, un jour, vous avouer la vérité. Les médecins ne se rendent pas compte, quand ils vous donnent des conseils. Je tremblais à chaque minute.

— Quand je vous ai demandé d'aller à La Rochelle, avec Hubert, le matin, pour essayer de ramener Maxime... vous avez été faire les démarches ?

— Oui.

— Et l'après-midi, la visite des Bellème ?

— Nous n'avions pas le choix, Richard. Comprenez-moi... Le fourgon devait enlever le corps. Nous ne pouvions pas garder Maxime ici... Si près de vous !

— Je comprends, dit Hermantier.

Mais, à son chagrin, s'ajoutait la sourde irritation d'avoir été joué, car il avait cru aux Bellème. Christiane avait paru si spontanée ! Certes, elle avait eu raison de mentir, puisqu'elle en avait reçu l'ordre, mais comment avait-elle appris à dissimuler d'une manière aussi parfaite? Est-ce qu'il aurait su, lui, feindre avec une telle sûreté? Et Hubert! Hubert qu'il croyait borné et timoré. Hubert avait tenu son rôle avec une maîtrise non moins surprenante. Clément lui-même était entré dans le jeu. Hermantier se rappelait ses intonations. Bien malin qui aurait pu démêler, dans sa voix, l'accent du remords ou simplement du regret. Seule, Marceline avait montré quelque maladresse. Elle avait pleuré, non par tendresse pour le mort, mais par énervement ou peut-être par frayeur. Jamais il ne serait capable de les remercier. Ils avaient été trop habiles. L'adresse, poussée si loin, renferme toujours un peu de mépris.

— Les obsèques ont été très bien, reprit Christiane. Tout le pays était là.

— C'est l'abbé Michalon qui a dit la messe?

— Bien entendu.

— On a dû s'étonner de ne pas me voir.

— Non. Tout le monde a immédiatement compris... Vous ne pouvez imaginer toutes les marques de sympathie que nous avons reçues. Je ne croyais pas qu'on nous estimait autant.

C'était bien de Christiane, une telle réflexion. Il la retrouvait, maintenant, tout entière.

— A Lyon, vous avez prévenu?

— A la réflexion, j'ai pensé qu'il valait mieux s'abstenir. D'abord, Maxime n'avait là-bas que des amis de rencontre. Et puis, vous imaginez cette fille débarquant ici, en deuil, et recevant les poignées de main, parmi nous, à la porte du cimetière! Je n'ai même pas écrit à Gilberte... Nous n'avons eu que les gens du pays. C'est cela que Maxime aurait voulu, j'en suis sûre.

— Pour la tombe, à qui vous êtes-vous adressée ?

— A Laubret, naturellement. C'est le moins bête... La tombe est juste à droite du calvaire, à côté du caveau des Durand-Bruget... Une dalle de granit toute simple mais très belle, avec une croix.

— Et Hubert ? Il a manqué son train ?

— Auriez-vous préféré qu'il n'assiste pas à la cérémonie ? Il a pris le car de midi, tout simplement, et ensuite le train de nuit.

— Qu'est-ce qui a payé ?

— Hubert... vous lui signerez un chèque quand vous voudrez, rien ne presse... Comment vous sentez-vous ?

— Un peu démoli, forcément.

— Moi, je suis brisée. Vous ne m'en voulez pas trop ?

— Non, Christiane. C'est plutôt moi qui vous demande d'oublier bien des choses. Mon humeur, notamment. Je ne suis pas un compagnon très agréable.

— Mon pauvre Richard !

Elle lui caressa les cheveux et il oublia ses rancunes.

— Je ne vous fais pas mal ? dit-elle.

— Non. C'est surtout le soir que je souffre. L'été est trop chaud, cette année.

— Vous avez eu tort de boire tant d'alcool. Je n'ai pas voulu vous contrarier, mais Lauthier ne serait pas content s'il apprenait que...

— Bah ! Lauthier... Vous devriez vous reposer, Christiane. Je peux rester seul, maintenant. Cela me fera du bien de penser à Maxime, aux choses d'autrefois.

— C'est vrai ? Vous n'avez besoin de rien ?

Elle se leva, s'approcha de lui, par derrière, l'embrassa dans les cheveux.

— A tout à l'heure, Richard.

Elle l'avait embrassé. Sans répugnance. Avec un élan véritable. Hermantier restait immobile, endolori, essayant de prolonger la douceur de ce moment. Il avait perdu Maxime. Mais peut-être allait-il la regagner, elle. Peut-être la vie pourrait-elle recommencer, comme avant. Ils se connaissaient mal ; voilà tout. Personne ne les séparerait plus.

« Tu oublies que tu vas peut-être mourir, songea-t-il. Tu oublies qu'on t'épargne simplement parce que tu es condamné. »

Il se leva pour faire front à ces pensées absurdes. Comme s'il n'était pas assez malheureux ! Maxime disparu, il n'était plus qu'un vieil homme. La douleur et l'amertume fondirent de nouveau sur lui et ses épaules plièrent. Il marcha autour de la table, tirant une jambe, respirant bruyamment, ne sachant plus sur quoi fixer sa pensée. Il entendit la Buick qui rentrait, Marceline qui faisait le tour de la maison pour aller mettre dans le frigidaire le poisson ou les coquillages et, soudain, sa résolution fut prise. Il devait aller là-bas. C'était l'heure la plus brûlante de la journée ; il n'y aurait personne. Il prit son chapeau de jardin. Puisque personne ne le verrait ! Il se moquait d'ailleurs complètement de l'opinion des gens du village. Sa main gauche à demi tendue en antenne et pianotant dans le vide, il gagna le garage où Clément remuait des seaux d'eau.

— Qu'est-ce que vous faites, Clément ?

— Je nettoie, Monsieur. Le poisson donne une mauvaise odeur au coffre.

— Vous continuerez tout à l'heure. J'ai besoin de la voiture.

— Bien, Monsieur.

Hermantier s'installa sur le siège avant, attendit que Clément fût assis à côté de lui, la main sur le démarreur.

— Conduisez-moi au cimetière.

Il y eut un petit silence, comme tout à l'heure dans la véranda.

— Bien, Monsieur, dit enfin Clément d'une voix neutre.

Il n'était pas sot. Sans doute pensait-il que Christiane, à bout de nerfs, avait tout révélé. Maintenant, il craignait les reproches de son maître. Il démarra pourtant avec sa légèreté de touche habituelle. Hermantier avait beau savoir, depuis plusieurs jours, que Maxime était mort, il ne le savait pas encore avec son cœur. Maxime était toujours là, bien vivant, dans sa mémoire. La vie des autres, pour un aveugle, n'est-ce pas toujours un souvenir ? Il entendait le saxophone. Il revoyait le visage de Maxime, son visage de l'an passé, déjà bien creusé, mais toujours moqueur, et le geste de ses doigts qu'il faisait claquer par-dessus son épaule, comme pour signifier que les responsabilités n'étaient pas son fort. Maxime avait toujours été un gamin. Et Hermantier devait s'avouer qu'il n'avait jamais rien fait pour améliorer son frère. Egoïstement, lui, l'homme dénué de fantaisie, l'industriel dur en affaires, ignorant de l'art et méprisant le beau, il avait joui de tout ce que Maxime incarnait si bien : l'insouciance, le plaisir, la liberté, la prodigalité effrénée ! Maxime avait été son caprice et son luxe. Il s'était payé Maxime comme d'autres se payent un yacht ou une écurie de courses. Il aurait dû se montrer ferme. Il avait essayé, quelquefois, trop rarement, de mater cette nature aimable et inconstante. Mais Maxime était insaisissable et, quand il se sentait au pied du mur, il trouvait des gestes de tendresse qui bouleversaient toujours son aîné. Il fallait bien lui pardonner, passer l'éponge. Maxime se jetait de nouveau dans toutes sortes d'excès. Combien de fois Hermantier avait-il voulu le traîner de force chez un docteur ! Il était évident, pour tous, que Maxime ne ferait pas de vieux os : ce teint blanc, ces tempes creuses, ce souffle court, autant de signes. Et cette sensualité débridée qui épouvantait Hermantier ! A vingt-deux ans, Maxime s'était tiré à grand-peine d'une pneumonie. Les médecins l'avaient prévenu qu'il paierait cher la moindre imprudence. Huit jours après sa première sortie, il devenait l'amant d'une chanteuse qu'il accompagnait en Autriche. La liste était longue de ces amours, de ces voyages, de ces retours repentants suivis de promesses jamais tenues. Maxime n'avait cure de sa santé. Il était né pour gaspiller aussi bien ses forces que l'argent de son frère et l'amour de ses maîtresses. Hermantier avait toujours redouté quelque fin brutale. Et maintenant, il découvrait qu'il resterait inconsolable. Clément lui toucha le bras.

— Monsieur...

— Quoi ?

— Nous sommes arrivés. Est-ce que Monsieur veut descendre ?

Hermantier, tout à son chagrin, avait oublié le cimetière. Déjà, Clément faisait le tour de la voiture, ouvrait la portière.

— Monsieur devrait me donner le bras. On est en train d'empierrer l'allée.

Des cailloux roulèrent. Hermantier, malgré sa répugnance, accepta d'être soutenu et guidé par Clément. Il sentit que le chemin tournait à droite puis à gauche. Il n'avait aucune peine à s'orienter dans ce petit cimetière entretenu comme un jardin, vibrant de lumière et murmurant de tous ses cyprès.

— C'est là, Monsieur, dit Clément.

Hermantier avança un pied et heurta le bord de la dalle. Alors il sentit, pour la première fois, le déchirement de la séparation et il ne put réprimer, devant Clément, un gémissement qui lui rompit la poitrine. En silence, au fond de lui-même, il appela : « Maxime, Maxime ». Il avait cru, pendant vingt ans, qu'il protégeait son frère, et il s'apercevait que c'était lui le plus faible des deux, le plus exposé, le plus abandonné. Il pleurait sans larmes, de tout son visage contracté. Il remua la main pour écarter Clément, et comme le chauffeur ne semblait pas comprendre, il retrouva un peu de voix pour murmurer :

— Clément... à la maison... un bouquet.

— Mais il y a déjà beaucoup de gerbes, dit Clément.

— Je veux mettre... moi-même... quelques fleurs.

Clément hésita. Il n'oubliait pas la consigne de ne jamais laisser son maître seul.

— Allez ! dit Hermantier.

— Bien, Monsieur.

Le pas de Clément s'éloigna sur les cailloux et la voiture fit demi-tour. Hermantier attendit encore un peu avant de se baisser et de palper furtivement la pierre. Elle était d'un grain très fin, aussi lisse aux doigts qu'un pelage, et tiède comme une bête vivante. Sans qu'il comprît pourquoi, Hermantier en fut un peu consolé. Maxime, qui avait tellement aimé les beaux costumes, le linge fin, les cuirs délicats, Maxime serait bien, là, dans ce coin secret de terre vendéenne où l'on n'entendait que le vent, les oiseaux et la voix assourdie de la mer.

— Pardon ! pensa Hermantier. Pardon, Maxime.

Il aurait voulu prier, mais il avait oublié les prières qu'il avait apprises, au temps du catéchisme. Il avait tellement travaillé, tellement lutté, qu'il n'avait jamais eu le loisir de songer à la mort. Encore moins à l'autre vie. Peut-être qu'il n'y a pas d'autre vie, malgré les promesses des prêtres ? Pourtant il espérait de toutes ses forces que tout n'était pas fini pour Maxime. A cause de Maxime, il était prêt à croire et, maladroitement, il se signa. De nouveaux sanglots lui nouèrent la gorge. Pourrait-il, maintenant, rentrer à Lyon ? Abandonner une fois encore le frère qu'il n'avait pas su guérir ? Il valait mieux céder à Christiane, différer le retour. Chaque jour, il viendrait apporter des fleurs. Il dirait tout bas : « Je suis là, Maxime. Je suis là ».

D'ailleurs, survivrait-il longtemps ? Peut-être, avant la fin de l'année, serait-il lui-même couché sous une dalle voisine ? Il n'avait pas encore songé à acheter un terrain, dans un cimetière de Lyon. Les Hermantier n'étaient pas des gens à se faire construire, comme tant d'autres, d'ambitieuses guérites de marbre gardées par des angelots, où l'on superpose les cadavres, de génération en génération. Des Hermantier, il y en avait un peu partout, dans le Morvan, au hasard des tombes, sous les herbes folles. Lui, il reposerait en paix, ici, près de Maxime. Christiane comprendrait...

Il avança la main vers les gerbes dont il sentait l'odeur déjà aigre. Les fleurs étaient brûlées par le soleil, les tiges craquaient comme les brindilles d'un fagot. Christiane avait été trop occupée, bien sûr... Elle aurait pu envoyer Marceline. Il toucha les couronnes qui semblaient volumineuses. Qu'y avait-il d'écrit, sur les rubans ? *A mon frère ? A mon frère regretté ? A Maxime ?* Il faudrait faire enlever ces couronnes qui auraient déplu au défunt. Rien que la dalle nue reflétant les nuages. Il tâta du pied le gravier qui entourait la tombe, fit trois pas. Ses doigts rencontrèrent la croix. Laubret avait bien travaillé. La croix était taillée dans le même granit que la dalle. Elle était haute, ouvrait largement ses bras. Il sentit les lettres de l'inscription, déchiffra sans peine la fin d'un mot :

...MANTIER

Les lettres étaient dessinées sobrement. Les doigts d'Hermantier descendirent, trouvèrent une date : 1948. Portant sa main un peu plus à gauche, il murmura, tout en suivant le tracé des chiffres et des lettres :

18 Juillet 1948

et encore plus à gauche :

23 Février 1902

Voilà qu'il commençait à se tromper. Il regretta d'avoir méprisé le Braille qui aurait développé l'acuité de son toucher. Patiemment, il reprit son investigation, essayant de voir les signes dont ses doigts étudiaient le contour. Mais comment ne pas reconnaître un 2, un 3 ? Et la majuscule de Février, et les sept lettres du mot ? Maxime était né en avril. Cinq lettres. Or, Laubret avait gravé un mot de sept lettres... Février !

Il faillit se mettre en colère. 23 Février 1902 ! C'était sa date de naissance, à lui. « Décidément, grommela-t-il, quand je ne m'occupe pas de quelque chose moi-même ! » Pourtant Christiane n'ignorait pas la date de naissance de Maxime. Hubert non plus. Ils avaient eu en main les papiers d'identité du mort. Seulement, ils étaient talonnés par le temps, tous les deux. En outre, ils avaient un peu perdu la tête. Ils avaient confondu. Et, le jour des obsèques, dans la silencieuse agitation de la cérémonie, ils n'avaient pas remarqué l'inscription erronée. C'était bien excusable.

Il faudrait prévenir Laubret, lui demander de tailler une autre croix. Qu'importait la dépense ! Pauvre Maxime ! Jusqu'au bout, il aurait été victime d'une sorte de frivolité sacrilège !

Hermantier revint à la ligne supérieure. Mieux valait tout vérifier avant de convoquer Laubret. Il vérifia le nom :

HERMANTIER

Est-ce que Christiane avait donné les deux prénoms de Maxime ? Maxime-Henri ? Non, il n'y avait qu'un prénom, sous ses doigts, un prénom difficile à reconnaître mais qui n'était, semblait-il, ni Maxime... ni Henri...
Comment ?
Des deux mains, un genou sur la dalle écrasant les couronnes, il toucha à plusieurs reprises ; il se redressa, incrédule, essuya d'un revers de manche la sueur qui couvrait son visage. Cette fois, il perdait la raison. Il attendit que son cœur fût calmé. Une voiture roula lentement devant la porte du cimetière. C'était Clément qui revenait. Alors, rapidement, avec des gestes attentifs et souples de cambrioleur, il palpa de nouveau la pierre, le temps de sentir son corps entier s'emplir d'horreur. Il était capable, maintenant, de lire l'inscription complète :

RICHARD HERMANTIER
23 Février 1902 — 18 Juillet 1948

Le mort que le curé avait béni, devant la fosse ouverte, le mort sur qui les assistants avaient secoué le goupillon, c'était lui. Pour tous ceux qui s'arrêteraient, désormais, devant cette tombe, Richard Hermantier n'existait plus. Il reposait, sous l'énorme dalle de granit, depuis le 18 Juillet.

Là-bas, les souliers de Clément grinçaient sur les cailloux. Hermantier, instinctivement, regagna l'allée. Il avait conscience d'être en faute, près de cette croix. Il ne pensait plus à Maxime. Il ne pensait plus à rien de précis. Il avait peur. Il défaillait de peur. Il n'était plus qu'un pauvre homme terrorisé qui s'abandonnait.

Les pas s'arrêtèrent près de lui.

— Voici les fleurs, dit Clément.

CHAPITRE X

Hermantier prit les fleurs, les posa sur la dalle et joignit les mains dans l'attitude du recueillement. Il était impassible, il ne souffrait pas. Il s'appliquait seulement à rester debout et, en même temps, il aurait voulu être étendu, sans pensée, dans la fraîcheur d'une chambre, comme un mort. Il était mort. C'était inscrit sur la tombe. Tout était prêt pour recevoir sa dépouille. Peut-être n'était-il plus qu'une ombre acharnée à survivre ? Et pourtant, il sentait ses muscles tendus par l'effort et son corps vacillant comme un arbre sous la cognée.

— Monsieur devrait rentrer, dit Clément. Le soleil est mauvais, aujourd'hui.

Il secoua la tête, incapable de parler. Il avait besoin d'économiser sa voix, son souffle. La sueur trempait ses joues ; ses vêtements collaient à lui comme une carapace molle et brûlante. Non, il n'était pas mort. Ou alors, il était damné !

— Que Monsieur mette son chapeau.

Clément ramassa le chapeau de paille, abandonné sur la dalle, et en glissa le bord entre les doigts d'Hermantier. La paille était rêche, craquante. Hermantier la palpa, pour être sûr. Cet humble chapeau de jardin prenait tout à coup une importance énorme. C'était une chose amie, bien réelle, bien vraie. Lentement, Hermantier le mit sur sa tête et il pensa au glas. On ne sonne pas le glas quand il n'y a pas d'enterrement. De même, on ne fait pas graver une date de décès sur une tombe vide... On ne couvre pas de fleurs une tombe vide... La tombe n'était pas vide. Maxime était là.

Hermantier éprouva un soulagement dont il eut honte. Il remua sa langue, sa bouche.

— Partons, dit-il.

Maxime était là ? On aurait fait enterrer Maxime sous son nom ? Impossible. Jamais le docteur Méroudy n'aurait consenti... Parbleu ! Ce n'était pas Méroudy qui était venu. Christiane avait menti.

— Attendez ! reprit Hermantier. Pas si vite !

Il trébuchait sur les cailloux et devait s'accrocher au bras de Clément. Sa nuque lui faisait mal. Il entendait, autour de lui, l'épais silence du cimetière, à peine troublé par un murmure de source, à la pointe des cyprès. Il avait l'impression de rêver sa pensée, d'ajuster les fragments d'un puzzle incohérent. Un autre médecin avait donc été appelé, un nouveau. Soit. On lui avait dit que le mourant s'appelait Richard Hermantier. Comment aurait-il soupçonné ? Il avait signé le permis d'inhumer. Bon. Et ensuite ? On avait produit les pièces nécessaires, la carte d'identité, le livret de famille ; tous les papiers étaient rangés en bas, dans le salon, avec ceux de Christiane. Un employé avait enregistré le décès. Voilà ! C'était fini. Soufflé, disparu, le grand Hermantier. Le curé avait tourné autour du cercueil et jeté l'eau bénite. *Requiescat in pace.* Hermantier voyait tout le village défilant devant la veuve et, à Lyon, les usines fermées, pendant un jour. Il entendait les téléphones, au fond des bureaux, des appartements, des cabines publiques « ... Hermantier est mort... Je viens de l'apprendre à l'instant... Cela va changer bien des choses ! » Car personne ne parlait du cartel, bien entendu, mais tout le monde y songeait. Hubert, Christiane seraient achetés, annihilés, réduits au rôle de figurants. Les brevets, la lampe, tout allait être liquidé dans une ambiance de salle des ventes.

— Voici la voiture, Monsieur.

Hermantier s'en moquait bien, de la voiture. Il commençait à deviner le sens de la machination. Hubert avait eu peur. Encore quelques semaines et la bataille serait définitivement engagée. Impossible de revenir en arrière, de composer avec des adversaires déchaînés. Alors, il avait préféré céder, se soumettre au cartel, et garantir ses intérêts. Comme tout devenait clair ! Christiane, elle aussi, avait lâché prise et négocié sa paix. Tant pis pour l'aveugle ! N'était-il pas, de toute façon, condamné ?... Hermantier s'effondra sur les coussins. Le balancement de la voiture lui donnait mal au cœur. Pourquoi la mort tardait-elle si longtemps ? C'était, là-bas, au cimetière, qu'elle aurait dû frapper, sans lui laisser le loisir de remuer toute cette boue. Les papiers qu'il avait signés, depuis des mois, croyant expédier les affaires courantes... est-ce que ce n'étaient pas des promesses, des accords ? Est-ce qu'il n'avait pas, lui-même, prononcé son abdication, consommé sa ruine ? Est-ce que la firme existait encore ? Peut-être n'était-elle plus qu'une filiale ? Est-ce qu'il lui restait seulement un sou, après tant de chèques signés de confiance ?

Chaque question éclatait dans sa tête, fulgurait comme un noir soleil. Il baissa une vitre, mais l'air était poisseux, gluant de trop d'odeurs, de trop de vie. Cette fois, il avait bien perdu la partie. Il n'était plus rien, rien, même plus un vivant. Il ne pouvait plus rien faire. Ecrire ? On intercepterait ses lettres. Et puis, écrire à qui ? Pour expliquer quoi ? Les journaux n'avaient-ils pas annoncé partout qu'il était mort ! N'avaient-ils pas publié sa photo, accompagnée d'une brève notice ! Demain, qui se souviendrait de lui ? Peut-être parlerait-on de Maxime, dans les bars et les coulisses des petits théâtres. Mais qui pourrait deviner ce qui s'était passé ? Tout le monde savait que Maxime était un garçon volage, bohème, capable de disparaître pendant des mois. Maxime serait vite oublié, lui aussi. Il n'y avait rien à tenter.

— Si Monsieur veut descendre.

La voiture ne roulait plus. Clément lui prenait la main pour l'aider et Hermantier faillit pousser un cri, car Clément savait, lui, la vérité. Pourquoi s'était-il tu ? Et Marceline ? Ils étaient complices. On les avait achetés. Ils ne parleraient pas.

Hermantier sentit le ciment sous ses pieds.

— Ça va... Je rentrerai seul.

Il suivit l'allée, mais était-ce bien l'allée ? N'était-il pas, de nouveau, perdu dans les dédales du labyrinthe ? Le monde, autour de lui, était comme un décor pourri, hideux. Et, partout, des êtres invisibles le montraient du doigt. Il entendit miauler, derrière lui.

Il aurait voulu marcher plus vite. Il en était au point où le plus endurci demande grâce. Et Christiane avait permis cela ! Elle s'était prêtée à ce jeu effrayant !... Ses doigts heurtèrent les vitres de la véranda. Dans son désarroi, il avait manqué la porte et il dut tâtonner, du pied et de la main. Quelqu'un traversa la pièce.

— C'est vous, Marceline ?
— Oui, Monsieur.
— Où est Madame ?
— Elle est...

Un temps. Il crut qu'elle allait dire : « Elle est occupée », mais Marceline reprit :

— Elle est dans sa chambre. Je vais l'appeler.
— Non, non ! Ne la dérangez pas.

Il repartit, de son allure molle, tremblée, monta l'escalier. Il dut s'asseoir sur la dernière marche et jeta derrière lui, dans le couloir, son ridicule chapeau de retraité. Machinalement, il retira ses lunettes et les essuya. La maison était fraîche, silencieuse, endormie parmi ses fleurs. N'importe ! Si Christiane somnolait, il la réveillerait. Le moment était venu de parler franchement, d'en finir avec ces doutes torturants. Il se leva, du bout des doigts chercha le mur. Que pourrait-elle bien inventer pour se défendre ? Pour expliquer la tombe ? Il s'arrêta devant la porte. Non, même la pitié n'expliquait rien. La pitié n'ose pas aller si loin dans le mensonge. Il frappa et, sans attendre, poussa la porte. Il entendit un cri étouffé.

— Mon Dieu, Richard, d'où venez-vous ?... Etes-vous souffrant ?

« Je dois être rouge et luisant, abominable », songea

Hermantier. Il comprit, à un raclement sur le parquet, qu'elle avançait un fauteuil. Il le refusa d'un geste.

— Je viens du cimetière, dit-il. Par hasard, j'ai touché l'inscription. J'ai lu.

— Vous avez lu !

— Oui.

— Mon pauvre ami !

Il était lui-même très ému et n'osait plus prononcer les phrases qu'il avait préparées. Au fond, il acceptait tout, maintenant qu'il était en face de Christiane. Tout, sauf d'être trahi. Elle n'avait donc jamais compris que si elle avait voulu faire le premier pas...

— Richard !

— Non, chuchota-t-il, taisez-vous. Je sais ce que vous voulez dire... Lauthier vous avait ordonné de me cacher la vérité. Je ne devais plus revenir à Lyon, jamais. J'étais désormais incapable de diriger l'usine...

— Mais...

— Laissez ! Vous m'avez traité comme un pauvre bonhomme irresponsable.

— Mais non. Vous vous trompez, Richard. La meilleure preuve c'est que nous vous avons gardé auprès de nous. Lauthier voulait vous faire entrer dans une maison de santé.

— Est-ce que c'était une raison pour...

— Vous ne savez pas tout... Ecoutez-moi tranquillement, je vous en prie... Asseyez-vous... J'aime mieux vous voir assis.

— Soit.

— Lauthier ne craignait pas seulement pour votre... santé. Mais aussi pour nous.

— Qu'est-ce que vous voulez insinuer ?

— Rien, Richard... Vous m'avez comprise... Il redoutait qu'un jour vous ne deveniez... dangereux.
— Moi... dangereux !
— Vous avez subi une opération terrible. Et vous avez toujours eu tendance, rappelez-vous, à vous sentir persécuté.
— Fallait-il maquiller la tombe ? cria Hermantier.
— Là, dit Christiane, vous voyez ! Tout de suite en colère, sans savoir. C'est vrai, j'ai eu tort de...
— D'anticiper.
— Je vous en supplie, Richard. Aidez-moi... C'est tellement pénible ce que j'ai à dire... Oui, j'ai préféré qu'on vous croie mort. Après tout ce que vous avez fait, tout ce que vous avez été, je n'ai pas voulu qu'on connaisse... la vérité.
— A cause du monde !
— Oh ! non... Par fierté, simplement. Pensez-vous donc que vous êtes le seul à souffrir ?

Elle se moucha et s'assit près de lui.

— Pourquoi n'avons-nous jamais eu le courage de parler ? Nous aurions peut-être pu éviter de vous faire tant de mal. Notre erreur a été de vouloir vivre comme avant. Lauthier aurait dû vous dire que vous étiez...
— Condamné.

La voix de Christiane trembla.

— Je ne sais pas, dit-elle. Ces mots m'effraient. Faites un effort. Ai-je été coupable de vouloir vous ménager ici une retraite ? Etes-vous malheureux, dans cette maison ? N'était-ce pas la meilleure solution ? Ici, vous ne risquiez plus de vous fatiguer inutilement. Hubert est capable de diriger vos affaires...
— Non, fit Hermantier. Mais cela, c'est un détail. Il

y a autre chose, Christiane. Il se peut qu'une crise m'emporte bientôt, ou que je perde la raison, que je me tue, tout ce que vous voudrez... Mais il se peut aussi que je résiste.

— Assez, Richard !

— N'ayez pas peur, poursuivit Hermantier. Je suis parfaitement calme. Et puisque tout ce qui s'est passé ne m'a pas abattu, il y a des chances pour que les prévisions de Lauthier ne se réalisent pas, du moins pas tout de suite. Alors ? Que signifie cette inscription sur la tombe ? Hein ? Allons, Christiane ! C'est maintenant que nous devons avoir le courage de parler... Cette inscription signifie que vous aviez besoin de ma mort... Oh ! pas de ma vraie mort, mais de ma mort légale, officielle... à cause du cartel.

Il étendit la main devant lui, cherchant celle de Christiane, trouva son bras qu'il serra.

— C'est bien ça, n'est-ce pas ? Hubert voulait capituler. Et il a saisi l'occasion au vol. C'est lui qui a eu l'idée de mettre à profit la mort de mon frère.

— Oui.

— Une jolie canaille !

— Vous êtes injuste. Pouvez-vous affirmer que le lancement de votre lampe réussira ? Pouvez-vous donner votre parole qu'il n'y a aucun risque ?

— Non, évidemment. C'est un coup à tenter. Moi, je peux le réussir.

— Peut-être plus maintenant, Richard... Je ne voudrais pas insister mais enfin, voyez dans quelle situation vous nous mettiez. Vous reconnaissez que vous êtes seul capable de mener cette affaire à bien, mais... vous n'êtes plus l'homme d'autrefois. Est-ce que vous pensez à Hubert, à l'entreprise, à moi ? Si l'affaire rate, nous sommes ruinés... Mais vous n'avez aucun souci de l'argent des autres. Vous voulez tenir le cartel en échec... par orgueil.

— Non, dit Hermantier. Pas par orgueil. Pas seulement par orgueil... J'aurais voulu gagner votre estime, Christiane. Et quand je dis votre estime, c'est que je n'ose pas dire...

Il serra plus fort le bras de sa femme.

— Je sais mieux parler des chiffres que des sentiments, poursuivit-il. Je n'ai peut-être pas toujours été un compagnon idéal... Mais j'aurais été heureux de forcer la chance... pour vous ! J'aurais été heureux qu'on vous salue un peu plus bas, et que les gens se taisent sur votre passage. Christiane, c'est beau, la puissance, entre les mains d'une femme. C'est tout ce que je pouvais vous offrir, moi, mais cela aucun autre ne vous l'aurait donné. Ne me parlez plus de ce pauvre Hubert. Il fait ce qu'il peut, je vous l'accorde. Mais il est de la race des peureux, des obliques, des tatillons, des gagne-petit. C'est un fonctionnaire... Moi, Christiane, moi... si vous m'aviez aidé...

De son poing serré, il se frappa la poitrine.

— Vous ne pouvez pas savoir tout ce qu'il y a là de ressources ! Il aurait suffi de me faire confiance, Christiane. Je suis un ours, mais c'est fort, un ours. C'est fidèle. Je n'aurais demandé, de temps en temps... qu'une caresse, même pas, une attention, un mot tendre.

— Richard !... Je vous en prie, calmez-vous !

— Non, justement. J'en ai assez des gens calmes, de

leurs petits calculs, de leurs petits intérêts. Un seul mot, Christiane, l'accord est-il signé ?

— Non.

— Quand Hubert doit-il signer ?

— Je ne sais pas. Dans quelques jours. Il hésite encore.

— Il hésite ! Je le reconnais bien là. Voilà quarante ans qu'il hésite à vivre. Eh bien, il n'est peut-être pas trop tard. Foutu pour foutu, j'aime autant crever sur la brèche. Vous allez lui télégraphier, Christiane. Vous allez lui défendre de signer. Je suis encore le patron, vous entendez ! Il marchera. Il faudra bien qu'il marche. Ses millions, je m'en fous. S'il les perd, c'est qu'il n'était pas digne de les avoir. Mais si je gagne, il sera dix fois plus riche. En ce moment, je joue son argent contre ma peau. Je lui interdis d'hésiter.

Il se leva et fit le tour du fauteuil où Christiane était assise, puis, se penchant sur elle.

— Christiane, fit-il doucement, Lauthier s'est trompé. Quoi qu'il arrive, je ne serai jamais dangereux pour vous. Même si j'étais fou, jamais je ne vous ferais du mal. Je ne vous en veux pas. Vous êtes venue ici pour me surveiller. Vous m'avez isolé dans un coin de la maison, vous m'avez traité comme un dément, mais cela m'est égal. Laissez-moi seulement diriger d'ici ma dernière bataille. Pour vous, Christiane. Parce que j'aurais voulu...

Il se baissa brusquement, appuya sa joue contre celle de sa femme.

— Tout aurait été si facile, si vous m'aviez aimé !

Christiane ne bougeait pas. Hermantier, d'un geste

plein de tendresse, lui couvrit les yeux de sa main. Il sentit, sous ses doigts, l'eau des larmes.

— Ah! Christiane, balbutia-t-il, je n'en demandais pas tant...

Il demeura une longue minute silencieux, contracté, parce qu'il était sans défense contre le bonheur.

C'est alors que l'odeur lui parvint. Il crut tout d'abord à une illusion. Sans faire un mouvement, il s'appliqua à situer le parfum. C'était peut-être un bouquet dont on avait oublié de changer l'eau. Est-ce que certaines fleurs ne répandent pas une odeur de réglisse quand elles sont fanées? Mais ce n'était pas une odeur de fleurs mortes.

Hermantier perçut un imperceptible claquement et il sut qu'il n'y avait plus aucune erreur possible. L'odeur était celle du cachou.

Il se redressa sans hâte, retira la main qui cachait les yeux de Christiane. Personne ne pouvait entendre les battements terribles de son cœur.

— Merci, murmura-t-il... Merci, Christiane... Je n'oublierai pas.

Sa voix était mal assurée, mais c'était peut-être préférable. Il s'éloigna du fauteuil. Un pas. Deux pas. Trois pas. Il était maintenant au milieu de la chambre.

— Où allez-vous? dit Christiane.

— Je vais me reposer. J'ai besoin de dormir un peu.

Dormir! Comme si le sommeil ne lui était pas désormais interdit. Mais il fallait donner le change. Il trouva la porte, fit un effort pour se retourner et sourire. Un sourire figé par l'angoisse. Il sortit et se dépêcha, le long du corridor. Ah! maintenant, être seul! Ne plus penser à toute cette ignominie. Il tourna la tête pour écouter. Il avait cru entendre marcher derrière lui. Mais non. Ils n'oseraient pas. Pas encore !

Il se jeta dans sa chambre, tourna la clef dans la serrure, puis alla fermer la fenêtre. Comment savoir s'il n'y avait personne dans la pièce ? Un moment, il hésita, faillit se mettre à chercher, dans le coin de l'armoire, sous la table, sous le lit. Mais il songea que Clément devait aider Marceline à préparer le dîner. Non, il était bien seul. Il se baigna le visage, dans le cabinet de toilette, puis, sans même se sécher, revint s'étendre... Ainsi, Hubert était son amant. Il avait le droit, lui, d'entrer chez Christiane quand cela lui faisait plaisir. Il était là, suçant ses cachous, s'amusant de la comédie jouée par sa maîtresse. Il avait tout vu, tout entendu. Peut-être, par gestes, l'avait-il conseillée... Pourtant, Christiane avait pleuré. Cela, c'était sûr. Et si Hubert n'avait pas été là ? Allons donc ! Elle savait pleurer comme elle savait mentir, voilà tout. Depuis combien de temps préparaient-ils leur coup ? Depuis que, présenté par Christiane, Hubert était entré dans l'affaire ? Depuis l'accident ? Comment savoir ? Et lui n'avait rien deviné. Il la croyait froide, égoïste, cupide. Et puis, avec Hubert...

Hermantier se roulait sur son lit. Chaque nouvelle pensée le rongeait comme un acide. Il avait été, lui, le mari suppliant. Hubert, les mains dans les poches, écoutait ses cris, ses promesses, ses pauvres protestations de tendresse. Ce lamentable type qu'il aurait écrasé, autrefois, quand il avait ses yeux, s'était offert cette revanche. C'était bouffon à mourir ! Mon pauvre Hermantier ! Toi qui étais si fier de ta force, de ton succès. Toi qui croyais être le seul à connaître tes limites ! Toi qui te vantais de leur faire peur !...

La vieille Blanche avait découvert la vérité ; c'est pour cela qu'on l'avait chassée ; c'est pour cela qu'elle ne voulait plus revenir. Mais Clément aussi savait. Et Marceline. Comme ils devaient s'amuser, eux ! Même Maxime...

Non. Pas cela. Pas Maxime ! Non, Maxime n'avait pas deviné... Hermantier, à plat ventre, une main traînant à terre, restait immobile. Maxime ? Doucement. Pourquoi soupçonner Maxime ? Il était venu par amitié, lui. On avait dû lui raconter que son frère était gravement atteint. Mais le reste, il ignorait le reste. Sinon, il aurait tout dévoilé. Non, pas Maxime... Il était mort à temps. Il avait eu cette chance.

Hermantier se souleva sur un coude et tira sur son col. L'air était rance, pesant, dans cette pièce étroitement close.

— J'ai mal, soupira Hermantier.

Mais il était encore curieux de son malheur ; il avait besoin d'aller jusqu'au font de l'imposture. Car Christiane avait menti, forcément, de bien d'autres manières. Puisqu'elle était la maîtresse d'Hubert, elle avait consenti à toutes ses exigences. L'usine, le compte en banque, tout avait changé de main. Et ce n'était pas tout. Ils l'avaient amené dans la propriété pour mieux le neutraliser. Peut-être même avaient-ils essayé de troubler sa raison, en lui rapportant faussement les paroles de Lauthier. Leurs réticences adroites... Leur feinte compassion... Et maintenant, cette tombe !

— Si je décidais de rentrer à Lyon, songea Hermantier. Que feraient-ils ?

La question le troubla tellement qu'il s'assit et enfonça son visage dans ses bras croisés. Oui. Il suffisait qu'il résolût de partir... Comment s'y prendraient-ils pour l'empêcher ? Mais, même en admettant qu'il se résigne, leur combinaison ne tenait pas debout. Ils étaient à la merci du premier passant venu. Que quelqu'un aperçût l'aveugle dans son jardin, au cimetière... et la machination était par terre. Le scandale éclatait. Impossible d'admettre qu'ils n'aient pas envisagé...

— Justement, conclut Hermantier. Voilà pourquoi Hubert est revenu.

Car Hubert n'aurait pas dû être là. Normalement, il aurait dû se trouver à Lyon. Pourquoi ce retour secret ? Mais Hubert était-il vraiment parti ou avait-il seulement fait semblant ? Et, dans un cas comme dans l'autre, pourquoi se tenait-il caché ?

Hermantier gémit sans bouger. Cette fois, la vérité était là, éclatante ! Au début, Christiane et Hubert n'avaient probablement songé qu'à le séquestrer. Mais la mort de Maxime avait modifié leurs plans. Et puisque lui, Hermantier, était légalement mort, il ne leur restait plus qu'à donner raison à l'état civil. Aucun risque. Un trou dans le parc. Une simple formalité. Qui sait ? Tout serait peut-être fini avant la fin de la soirée.

Hermantier se mit debout et alluma une cigarette. Surtout, ne pas perdre la face. Ne pas leur accorder ce dernier plaisir. Il passa de nouveau dans le cabinet de toilette, se lava et se repeigna. Puis il toucha les aiguilles de la pendule. Sept heures et demie. Dans quelques minutes, on l'appellerait pour le dîner. Il ouvrit la fenêtre. Nulle importance, maintenant. Les ailes des martinets sifflaient au ras du toit. La terre chaude sentait le foin. Il ne détestait pas Christiane, du moins pas encore. Hubert? Il aurait voulu l'étrangler, mais Hubert ne se manifesterait qu'au moment de frapper. Accoudé à la fenêtre, Hermantier paraissait prendre le frais. Clément l'observait peut-être, du jardin. Mais Clément ne pouvait pas apercevoir ses pensées. Hermantier se demandait comment ils s'y prendraient. Hubert avait certainement peur du sang. Christiane souhaitait sans doute quelque fin foudroyante. Elle était cruelle mais trop bien élevée pour être méchante. Le poison alors?

— Richard!

C'était elle. Comme tous les soirs, elle l'appelait, du pied de l'escalier.

— Voilà! J'arrive, cria Hermantier.

Il soupira, traversa lentement la pièce. Personne ne saurait jamais! C'était cela le plus dur. Il sortit dans le couloir. Où se tenait Hubert? Se cachait-il toujours dans la chambre de Christiane ou bien se promenait-il dans la maison, sur la pointe des pieds, toujours vêtu de noir et impeccablement correct? Hermantier se dirigea vers l'escalier. Derrière lui, le plancher craquait légèrement. Il avait encore fait si chaud, aujourd'hui! Marche après marche, il arriva en bas, sortit.

— A table! dit Christiane. Vous devez avoir faim!

Sa voix était douce et prévenante. Ne s'étaient-ils pas réconciliés, en effet? Il prit place, le dos à la véranda.

— Marceline a préparé un repas froid, reprit Christiane. J'ai pensé que cela vous serait plus agréable.
Elle agita la sonnette.
— Marceline !... Vous pouvez servir.

CHAPITRE XI

Hubert était là, sans doute. Et peut-être Clément. Prêts à intervenir, à emporter le corps. « Je perds mon sang-froid, songea Hermantier. Il ne se passera rien en présence de Christiane. Elle ne pourrait pas le supporter. Mais après le café, quand je resterai seul, alors... »

— Vous ne reprenez pas un peu de salade ? dit Christiane.

— Non, merci.

— Vous n'avez pas faim ?

— Non.

Marceline changea les assiettes. Il entendit Christiane qui versait du vin dans son verre. Il but, épiant le goût du vin, mais il ne décela aucune saveur suspecte. Marceline déposa un plat.

— Des tranches de merlus avec de la mayonnaise, annonça Christiane.

— Très peu, fit-il.

— Vous prendrez bien de la mayonnaise ? Marceline l'a faite pour vous, avec beaucoup de moutarde.

Impossible de découvrir la moindre fêlure, la moindre vibration d'émotion dans sa voix. Peut-être parlait-elle avec une bienveillance un peu appuyée, un intérêt trop marqué.

— Juste un peu, pour goûter, murmura-t-il.

Pourquoi tant de moutarde? Du bout de sa fourchette et de son couteau, il retourna la tranche de poisson, l'émietta. Il sentait sur lui d'innombrables yeux. S'il hésitait à manger, Hubert, Christiane, tous, ils allaient tous comprendre qu'il avait deviné leur jeu et sans doute n'attendraient-ils pas la fin du dîner pour frapper. Le couteau, la fourchette de Christiane heurtaient régulièrement le bord de l'assiette. Il porta un morceau à sa bouche, flaira la mayonnaise. Tant pis! C'était peut-être la mort que masquait l'âpre et piquant parfum de la moutarde.

— Il a un petit goût, observa Christiane. J'ai vraiment du mal, en ce moment, à garder le poisson très frais.

Elle se mit à parler du fils Andreau, le mareyeur. Pourquoi éprouvait-elle ce brusque besoin de bavarder? De quoi voulait-elle détourner son attention? Qu'est-ce qu'on peut dissimuler dans une mayonnaise? De l'arsenic? Ou bien un soporifique qui le mettrait hors d'état de se défendre? Christiane avait eu la main lourde. Il avait l'impression que son merlus était englué de sauce. Chaque bouchée lui brûlait la gorge. Quelle quantité de toxique avait-il déjà absorbée? Il posa sa fourchette.

— Décidément, je n'ai pas grand appétit, ce soir.

Il leur était livré. Il n'avait plus la moindre chance de s'échapper. Il s'apercevait, à la réflexion, qu'il avait bien tort de compter sur la pitié de Christiane. C'était elle qui menait la partie, depuis le début. C'était elle, sans doute, qui avait forcé Hubert à agir. Toutes sortes de souvenirs affluaient dans sa mémoire et renforçaient sa conviction.

— Marceline, les fruits, s'il vous plaît.

— Excusez-moi, dit-il, mais je crois que je vais en rester là.

— Un peu de compote ne vous fera pas de mal.

On ne pouvait mieux imiter l'accent de la sollicitude. Hermantier bouchonna sa serviette.

— Non, merci.

— Vous n'êtes pas malade ?

Le ton était réellement inquiet. Peut-être, en ce moment même, le dévisageait-elle pour essayer de surprendre, sur ses traits, les premiers symptômes de la crise. Peut-être les autres se rapprochaient-ils lentement de la table. Et pourtant il se sentait parfaitement à l'aise. Est-ce qu'il n'avait pas rêvé toute cette histoire, imaginé ce cauchemar ? Il se leva.

— Je boirai le café dans la véranda.

— Comme vous voudrez.

Il s'avança lourdement vers la porte. Christiane le servit. « C'est maintenant, pensa-t-il. Pourquoi attendraient-ils davantage ? » Il se souvint qu'il dominait Hubert et Clément de la tête. Ils n'oseraient pas l'attaquer de face. D'ailleurs, toutes ces suppositions étaient stupides. Seul, le poison était à redouter, le poison foudroyant et non pas celui qui laisse le temps de réfléchir, de comprendre. Donc, la mayonnaise était inoffensive. C'était le café qui...

— Vous ne vous étendez pas sur la chaise longue ? demanda Christiane.

Cette fois, sa voix avait trébuché. A peine, et d'une

manière si fugitive qu'en d'autres temps Hermantier n'aurait rien remarqué.

— Non, dit-il. Je ne reste qu'une minute. J'ai sommeil... Demain, ça ira mieux.

Il traîna une chaise près de la table d'osier, Christiane versa le café, le sucra. Hermantier n'entendit plus que le bruit argentin d'une cuillère remuée. De nouveau, la même idée l'effleura. « Et si tout cela n'existait que dans ma tête ? » Il l'écarta aussitôt. S'il doutait, il était perdu. Il ne devait pas douter. Il était certain de la présence d'Hubert et de ce que cette présence signifiait.

— Marceline l'a fait un peu fort, dit Christiane. Voulez-vous un autre morceau de sucre ?

— Non.

Christiane souffla légèrement sur sa tasse. Il crut l'entendre boire. Du moins, sa tasse heurtait-elle la soucoupe pour donner le change. Il alluma une cigarette afin de gagner du temps. Le café était là, devant lui, et il était condamné à l'avaler ; il n'avait aucune raison de le refuser. S'il faisait semblant de le trouver trop amer, il serait abattu dans le couloir du premier ou dans sa chambre. Hubert avait certainement tout prévu. Il prit sa tasse, l'approcha de sa bouche. La cuillère de Christiane ne bougeait plus. Le café répandait un arôme de bon aloi. Hermantier mouilla ses lèvres, feignit d'avaler plusieurs gorgées. Il avait un peu honte de défendre sa vie avec tant d'âpreté. Il n'aimait plus la vie mais il n'avait pas encore perdu l'amour de la lutte ; il allongea le bras pour poser sa tasse, rencontra le bord de la table et la fragile porcelaine se brisa entre ses doigts, inondant sa main de liquide...

— Mon pauvre ami... commença Christiane.

Elle cachait mal sa colère, son dépit.

— Excusez-moi, dit-il piteusement.

— Marceline... Voulez-vous ramasser les morceaux et essuyer... Vous apporterez une autre tasse.

— Inutile, murmura Hermantier. Il vaut mieux que j'aille me coucher. Bonsoir, Christiane.

Le plus dur, ce fut de s'éloigner sans presser le pas, de garder l'allure d'un homme épuisé. Il joua sa sortie sans faiblesse, mais dut s'arrêter au pied de l'escalier. L'épreuve commençait à l'écraser. Une main au mur, l'autre suivant la rampe, il monta très doucement, interrogeant le silence de la maison. Personne ne le suivait, mais le danger pouvait être devant... une matraque brandie, un revolver braqué... Si cette situation se prolongeait, il n'y résisterait pas... Il atteignit le palier. Le monde ne s'était pas encore écroulé sur lui. Il vivait, comme une larve qu'un coup de talon, à chaque instant, peut aplatir. Il progressait, le long du couloir, énorme, puissant, vaincu. Il entra dans sa chambre, ferma la porte à clef, tourna la tête à droite, à gauche, essayant de sentir, à un infime remous de l'air, l'approche de l'ennemi. Il tâta le commutateur. La lumière n'était pas allumée. Traversant la pièce, il toucha sa lampe de chevet. Elle était froide. Donc il n'y avait personne. Ni Hubert ni Clément n'auraient osé l'assaillir dans le noir. Mais faisait-il noir ? Il chercha la pendule, palpa les aiguilles. Neuf heures. Le crépuscule devait remplir la chambre d'une lumière rougeâtre, largement suffisante pour... Non ! Puisqu'il ne s'était rien passé, le danger était momentanément écarté. Ils devaient compter sur le café et, maintenant, ils échafaudaient, tous quatre, un nouveau plan pour le lendemain.

Hermantier bâilla bruyamment, se laissa tomber sur son lit dont les ressorts vibrèrent longtemps. Si quelqu'un écoutait... car tout était possible... il cesserait de se méfier. Il n'y avait plus qu'à attendre. Surtout, ne pas dormir. Les mains croisées sur la nuque, Hermantier se détendit ; il aurait voulu ne plus penser ; il en avait assez de souffrir. Le soir descendait sur lui ; la fraîcheur qui venait sur son front lui disait qu'il commençait à faire sombre et que le salut était proche. A minuit, ils seraient tous couchés. Eux aussi devaient être à bout. Est-ce qu'il y aurait clair de lune ? Probablement pas. Il essaya de remonter le cours des jours, s'embrouilla, renonça. Il se rappelait seulement que la lune était pleine au moment de leur arrivée. Donc la nuit serait sombre... Une cloche résonna, au loin... la cloche du village, celle qui avait sonné pour Maxime. Hermantier se tourna sur le flanc, ramena ses genoux vers sa poitrine. La douleur était toujours aussi neuve, aussi aiguë. Et maintenant, il avait tout le temps de passer en revue ses souvenirs. Il n'en pouvait douter : Maxime avait su tout ce qui se préparait. La preuve, c'est qu'il s'était écrié, le matin où il s'était senti soupçonné à propos du chèque : « Moi, un voleur ! Si tu savais tout ce que je sais... » Il avait failli tout avouer, c'était clair. Maxime ! Maxime complice ! Maxime payé pour jouer cette comédie hideuse ! « J'ai donc été un tyran ? pensa Hermantier. Je les ai donc empêchés de vivre... »

Il s'appliquait à respirer lentement pour ne pas réveiller le mal qui s'engourdissait. D'autres coups sonnèrent au clocher. Il glissa dans une demi-inconscience qui ne l'empêchait pas d'entendre tous les bruits de la nuit, un aboiement, très loin, les cris flûtés d'une chouette et, à voix basse, la mer qui se plaignait. Puis, brusquement, sans avoir fait un mouvement, il fut lucide comme au soir d'une journée de recherches. Le moment d'agir était venu. Il se leva, traversa la chambre sur la pointe des pieds, ouvrit la fenêtre toute grande. La vie, la vie était là, multiple, murmurante, à portée de la main. Il enjamba l'appui, laissa pendre ses jambes. La plate-bande en dessous, amortirait sa chute. Il sauta ; son corps frappa le sol d'un grand coup sourd et fut ébranlé jusqu'au cœur. Etourdi, les doigts crispés sur la terre mouillée, les genoux douloureux, il écouta. La maison dormait ; le jardin s'étendait, paisible, parfumé, ami. Il se releva, s'essuya les paumes à son mouchoir. Il avait perdu ses lunettes et devait être effrayant, avec son pantalon souillé de terre et son visage sans regard. Mais justement, il serait plus facile à identifier. La première personne qui le verrait comprendrait... Il s'éloigna du mur, coupa vers l'allée, le dos voûté, attendant le coup de feu qui était peut-être sur le point d'éclater. Il sentait le canon de l'arme braqué sur lui, mais il savait en même temps que sa fuite ne serait pas découverte avant le matin, et il se hâtait vers la grille. Il s'accrocha aux barreaux comme quelqu'un qui se noie, tourna vers le ciel sa face mutilée, respira plusieurs fois largement sans parvenir à calmer son cœur. Alors il souleva l'un des crochets de fer, le fit pivoter sur son anneau. Il tira ensuite sur le battant, le sentit tourner sur ses gonds, se glissa par l'entrebâillement et s'avança jusqu'au milieu du chemin. Il était dehors. Il était libre.

Prenant à gauche, il commença à compter ses pas, jusqu'à cinquante. S'il ne s'était pas trompé, il devait déboucher sur la route menant au village. Obliquant vers le bas-côté, il marcha dans l'herbe, les bras en avant et, tout de suite, ses mains rencontrèrent le flanc du talus. La direction était bonne. Se guidant sur le talus, il fit encore quelques pas, devina le tournant qui s'amorçait. Il revint alors sur la route, pour marcher plus à l'aise. Le village n'était pas très loin, un kilomètre à peine. Tout le problème consistait à ne pas zigzaguer. Une fois là-bas, il frapperait à la maison de Méroudy et Méroudy l'emmènerait à La Rochelle. Et s'il avait trop de mal à retrouver la maison de Méroudy, il frapperait n'importe où. Tout le monde le connaissait. Il n'aurait que des alliés. Ses espadrilles à semelles de caoutchouc ne troublaient pas le silence. Pas assez. La campagne était presque trop tranquille, trop muette. Seuls, grinçaient quelques graviers quand il s'égarait vers le bas-côté. Aussitôt, il rectifiait sa marche. Le ciel devait être tout vibrant d'étoiles et la route, lisse et brillante comme une eau paisible. A droite, toutes les trois secondes, une lueur rougeoyait sans doute : le phare des Baleines. La belle nuit pour fuir ! Il aurait voulu courir, pas seulement parce qu'il avait peur. D'ailleurs il n'avait plus peur. Simplement parce qu'il commençait à revivre. Et même s'ils réussissaient à le rattraper, il accepterait de mourir ici, loin du piège qu'ils avaient patiemment préparé. Mais ils ne le rejoindraient plus car le village était proche, maintenant. Ses premières maisons étaient probablement en vue; le café Pabois, avec ses lauriers en pots sur le bord de la route, et la forge des Pailluneau et la graineterie du fils Lucas, avec son chat gris toujours roulé en boule derrière la vitre. Hermantier pressait le pas. Il évoquait le paysage avec tant de force et de netteté qu'il ne prenait même plus la peine de tendre les bras devant lui. Encore quelques minutes, trois ou quatre, et il serait arrivé, il sentirait sous ses pieds, l'antique pavé du village. Méroudy éprouverait un choc, en le voyant. Il vaudrait mieux lui parler à travers la porte, avant. Lui expliquer que l'homme qui demandait asile n'était pas un fantôme mais un mort en sursis. Ce n'était point le moment d'épouvanter les gens.

Hermantier marcha cinq bonnes minutes, flaira l'air. D'habitude, on sentait de loin les odeurs de la forge et, la nuit, il y avait toujours deux ou trois chiens qui prenaient peur et aboyaient furieusement, au seuil de leurs niches. Depuis combien de temps était-il parti? Il n'en avait plus la moindre idée. Il marchait depuis longtemps mais il n'avançait pas bien vite. Allons! Encore un effort. Il s'aperçut, soudain, qu'il tendait de nouveau les bras. Il mit les mains dans ses poches pour se prouver qu'il ne craignait rien. Et surtout pas de s'être égaré. Il était impossible de manquer le village puisque la route y conduisait sans un carrefour, sans un détour. Il n'y avait qu'à marcher, sans se décourager. Oui, mais quand on marche depuis une demi-heure? Il ne faut pas une demi-heure pour parcourir un kilomètre, même en hésitant, même en faisant des crochets d'une berge à l'autre. Il se baissa pour toucher le sol, mais il savait d'avance que ses doigts allaient rencontrer la surface grumeleuse de l'asphalte. Il repartit, un peu inquiet. Il avait toujours la même impression de campagne vide, d'herbages à l'infini. Et peu à peu, presque à son insu, sa démarche se fit plus incertaine, ses mains s'ouvrirent devant sa poitrine comme pour la protéger d'un choc. Il avait peur de se heurter à quelque chose, à une chose qui ne serait peut-être pas le village. Il fut bientôt obligé de reconnaître que le village n'était pas là, ne serait plus jamais là. Et pourtant il suivait la seule route qui devait l'y mener. Mais elle était devenue la complice de Christiane. Voilà donc pourquoi ils l'avaient laissé partir. Ils faisaient confiance à la route et à ses malices. « Attention, se dit Hermantier, voilà juste le genre de pensées que je dois éviter. Cette route est parfaitement inoffensive et je la connais bien. Et chaque pas sur cette route m'éloigne d'eux et, par conséquent, me rapproche du salut. » Il continua, décidé à mouvoir ses jambes jusqu'à l'épuisement complet. Il pouvait encore tenir des heures. C'est alors qu'il entendit quelqu'un, devant lui. Il s'arrêta. L'inconnu sifflotait. Ses chaussures grinçaient en cadence. Un campeur, sans doute, ou quelque paysan allant chercher des bêtes dans le marais ? L'homme cessa de siffler mais il continua d'avancer.

— Pardon, dit Hermantier, où suis-je ici ?

Il n'entendit plus aucun bruit.

— Je me suis perdu, reprit-il. J'ai subi une opération et... j'y vois très mal.

Les souliers grincèrent de nouveau. Ils s'éloignaient. Ils allaient de plus en plus vite.

— Je vous en prie, cria Hermantier. Dites-moi où je suis ?...

Il essaya de courir vers l'homme et celui-ci détala, rebroussant chemin comme soulevé par une panique affreuse. Ses talons sonnaient sur la route. Longtemps sa fuite fut perceptible. Elle s'effaça enfin, laissant Hermantier plein d'horreur. Etait-il donc devenu pire qu'un lépreux, une espèce de bête puante devant laquelle on reculait en étouffant un cri ! Ou bien l'homme l'avait-il reconnu et avait-il cru rencontrer un mort ? Mais dans ce cas c'était quelqu'un du village. Quel village ? Où se cachait-il, ce village qui semblait fuir, lui aussi, dans cette nuit étrange ? Et si l'homme donnait l'alarme ? Il fallait pourtant aller encore de l'avant. Il fallait à tout prix s'adresser à une créature humaine. Le jour pointerait bientôt, annonçant la poursuite.

Hermantier repartit. La route se déroulait sous ses pieds, toujours pareille. Peut-être montait-elle légèrement ? Peut-être était-ce lui qui était épuisé ? Et quand il était épuisé, sa tête lui jouait des tours. Est-ce qu'il ne sentait pas l'odeur des pins en ce moment ? Une odeur à peine indiquée, mais enfin c'était bien l'odeur des pins. Maxime lui avait affirmé que, par la grande chaleur, le sol répandait un parfum de résine. Seulement, c'était pour le rassurer. Et voici que l'hallucination renaissait. A mesure qu'il progressait, il avait l'impression de s'enfoncer dans une sorte de sous-bois étouffant, et cela sentait le pin, partout. Il vint à gauche... Son pied hésita, au bord d'une déclivité qui pouvait aboutir à un fossé. Il se rejeta vers le côté droit de la route et trouva une autre pente. Impossible d'échapper. L'odeur des pins régnait, violente, capiteuse, toute gluante de sève surchauffée. Un vertige s'emparait de lui. Ils avaient donc raison, quand ils prétendaient que Lauthier... Il courut, au risque de s'écraser sur quelque obstacle, et soudain son bras droit, son épaule, sa tête heurtèrent violemment une chose qui s'élevait au bord de la route. Il tomba, resta sans mouvement, attendant le coup de grâce. Mais il n'y avait aucun bruit autour de lui. Personne ne l'avait attaqué. Une brise légère semblait jouer dans des feuillages inaccessibles. Il avança prudemment une main, rencontra un corps dur, métallique. Il se releva. Du sang coulait sur son menton.

— Richard Hermantier, bredouilla-t-il.

Qui aurait répondu ? Il était seul, bien seul. De nouveau, il palpa ce corps froid, cylindrique, semblable à un tronc d'arbre. A mesure que ses mains montaient, il se persuadait que c'était un poteau. Un poteau indicateur ? Non. Au lieu d'une plaque, il y avait une boule au sommet. Une boule grosse comme une tête, mais ce que ses doigts touchaient, ce n'était pas un visage... c'était un cadenas. Défense de parler ! Ah ! Ils avaient tout prévu. Un cadenas ! Un rire silencieux lui déchira la gorge et il fit quelques pas en titubant. La tête lui tournait. Il s'essuya le menton d'un revers de bras puis, sentant qu'il allait s'effondrer, il revint s'appuyer à la colonne glacée. Elle était beaucoup plus grosse qu'un poteau. On aurait dit une de ces bascules comme il en avait vu si souvent dans les jardins publics. C'était peut-être une bascule ! Puisque cette route n'était plus une vraie route ! De quel monde cette fausse bascule marquait-elle la frontière? Son visage cuisait, sa joue droite devenait raide, mais il se sentait assez fort pour continuer. Avant de lâcher la colonne de fer, il se demanda s'il n'avait pas tourné sur lui-même, s'il était toujours dans la bonne direction, puis il décida qu'il n'y avait plus de bonne direction. L'essentiel était de marcher, jusqu'à la mort. Il abandonna son point d'appui. L'odeur de pin avait disparu ou, du moins, elle était effacée par le goût du sang qui lui emplissait la bouche. Il faisait frais, maintenant. C'était l'heure la plus profonde, la plus inhumaine de la nuit. La route descendait et la fraîcheur augmentait. Il éternua soudain et un écho bourdonna autour de lui, se répercuta comme au fond d'une longue cave. Hermantier se racla la gorge et il y eut aussitôt dix, vingt voix enrouées qui chuchotèrent, tout un discret tapage qui mit longtemps à s'apaiser.

— Quelqu'un? cria Hermantier.

La question fut immédiatement posée de toutes parts, avec des intonations caverneuses pleines de menaces et les ténèbres se la renvoyèrent interminablement.

« J'ai dû me faire très mal », songea Hermantier. Retenant son souffle, il alla au-devant des voix, dans un silence épais, humide, de souterrain. Mais, bientôt, il dut reprendre sa respiration et l'ombre commença, elle aussi, à respirer. Tout un invisible cortège, ahanant, douloureux, s'ébranla près de lui. Le labyrinthe était envahi de présences dolentes qui traînaient les pieds et, bouche close, peinaient sur le chemin noir. Puis Hermantier donna de l'épaule contre une muraille bordant la route. Elle suintait, elle était grasse. Elle paraissait sans fin. Et pourtant, elle cessa bientôt. La rumeur de foule qui accompagnait Hermantier disparut. Il se retrouva seul. Pour affronter quelle épreuve ? Il toucha le sol. La route était toujours là, un peu humide à cause de quelque fin brouillard. Tant qu'elle continuerait sous ses pieds, il s'entêterait à espérer, en dépit de tout. Une route conduit forcément quelque part, même si elle semble s'égarer. C'était d'ailleurs une bonne route, lisse comme une peau et souple sous le talon. Mais il n'y avait donc ni maisons ni vivants sur ses bords ? Ou bien est-ce qu'à son approche tout prenait la fuite ? Non. Tout dormait, plutôt. Ce qu'il avait senti et entendu, c'était le rêve de ceux qui gisaient aux creux des grands lits, dans les fermes basses des marais. Il ne tarderait pas à rencontrer un bourg, des portes, des fenêtres alignées au bord même de la route, à portée de bras. Il suivit le bas-côté et sa pensée, peu à peu, s'éteignit. Il avançait comme une bête forcée, fourbue, qui dort debout. Peut-être dormait-il depuis très longtemps ; il avait perdu le village par sa faute. Du reste, tout était de sa faute. Et maintenant, on le châtiait impitoyablement. On avait trouvé ce moyen terrible, la route. La route avec ses lacets, ses murailles et peut-être ses miroirs, avec ses pièges de toutes sortes. La route en rond ! La route sans issue ! Et, tout à coup, il entendit un bruit qui le tira de sa torpeur. Un chat venait de miauler. Pas d'erreur possible. Cette fois, il était sûr. Et voici que le chat miaula une seconde fois, tout près. Un chat. Un mur. Un jardin. Une maison. Il était arrivé. Enfin !

Il s'approcha doucement, les mains en avant. Ses

mains heurtèrent un mur. Un vrai mur dont on pouvait atteindre le sommet. Il n'y avait plus qu'à longer ce mur et Hermantier le longea, d'un pas impatient. Le mur s'interrompit, mais quelque chose venait après... Une grille! Un soupçon horrible lui traversa l'esprit. Il était revenu à son point de départ. Ce chat qui miaulait, pour l'attirer, c'était Rita. Et lui qui avait été assez bête pour craindre le poison! Lui qui s'était figuré qu'en s'évadant il rompait le cercle! Il gémit. Tant de fatigue pour rien. Pour rien? Peut-être pas. Il pouvait se délivrer, profiter des derniers instants de la nuit. Il traversa la route, cherchant le talus d'en face qu'il serait facile d'escalader. Mais, au lieu de rencontrer l'herbe, la terre mouillée de rosée, ses doigts s'arrêtèrent sur des barreaux, toute une file de barreaux. De ce côté aussi, il y avait une grille. Il ne savait même plus s'il était dehors ou dedans, libre ou prisonnier. Il était semblable à un rat qui sent autour de lui le mince grillage du piège et ne comprend pas encore qu'une trappe, derrière lui, s'est refermée. Il dépassa la grille, incertain de la direction à suivre. Il y avait un mur au bout de la grille et, aussitôt après le mur, encore une grille. Un mur. Une grille. Un mur. Une grille. Comme dans une prison. Il hurla et se mit à courir.

Un brutal coup de klaxon retentit. Des pneus dérapèrent. Des portières furent claquées. Il gisait la face contre le sol, muet, à demi-inconscient. Il fut soulevé et fit un effort pour s'échapper. Non. Pas la Buick! Non. Assez! On l'étendit sur une banquette. Des gens parlaient, mais si loin qu'il était incapable de comprendre ce qu'ils disaient. Et puis la voiture commença de rouler. Hermantier, alors, se laissa aller. « Qu'ils m'emmènent. Qu'ils m'emmènent loin, le plus loin possible ! » Il ignorait comment cela s'était produit et s'il n'allait pas mourir, mais au moment où tout était perdu, le miracle était survenu. Le piège s'était entrouvert.

Il porta la main à son menton où gouttait un peu de sang. Puis il se laissa glisser dans une paisible inconscience. Mais son corps sentait toujours le roulis de la voiture et se réjouissait obscurément, de tous ses os, de tous ses muscles. Il dormait profondément quand l'auto s'arrêta.

CHAPITRE XII

Hermantier s'habilla dans le plus grand silence, retenant d'une main la chaise qui portait ses vêtements et qui avait tendance à osciller sur ses pieds légèrement inégaux. Il s'assit sur le lit, avec précaution, pour ne pas faire craquer les lames métalliques, puis il glissa ses jambes sous le drap, ramena la couverture jusqu'à son menton. S'il y avait une ronde, on croirait qu'il dormait. Mais il n'y avait pas de ronde, d'habitude. Le voisin de droite se plaignait, parlait très vite d'une voix rauque, se retournait et, parfois, son poing ou son coude heurtait la mince cloison. Celui de gauche murmurait tout bas une longue litanie. Peut-être passait-il ses nuits à prier. Une horloge sonnait tous les quarts d'heure. On entendait un sourd déclenchement, un remue-ménage de mécaniques grinçantes et le coup frappé sur le timbre était d'une extraordinaire pureté, grave, mélancolique, avec quelque chose de tendre et de consolant. Hermantier, immobile sous sa couverture, comptait les quarts d'heure. Sa cuisse lui faisait mal, à l'endroit des piqûres. Il avait envie de se gratter, il ne devait pas bouger. Il avait d'ailleurs intérêt à se reposer aussi complètement que possible, et il essayait de se décontracter, de ne penser à rien, de chasser toute inquiétude. A une heure, il se lèverait. Ces longues veilles lui devenaient familières. Il savait patienter, maintenant...

Il attendit que le silence, à peine troublé par le coup de l'horloge, eût repris son niveau, fût étale comme une eau dormante. Alors, il se dressa peu à peu, écarta la couverture, se mit debout. Ses pas, sur le linoléum, faisaient un menu bruit de papier qu'on décolle. Il ouvrit la porte, millimètre par millimètre, écouta. Le corridor était sûrement éclairé par une veilleuse ; mais qui jetterait un coup d'œil dans ce couloir, à une heure aussi tardive ? Il sortit. Voilà ! C'était fait. On pouvait le voir. Personne ne vint. Le moment était bien choisi. L'avant-veille, il avait eu le tort de partir trop tôt, beaucoup trop tôt. C'était se jeter dans la gueule du loup. Cette fois, il sentait que la chance était avec lui. On ne le rattraperait pas si facilement !

Au bout du corridor, il y avait l'escalier. Jusque-là, le chemin ne présentait aucune difficulté. Le sol était recouvert d'une sorte de caoutchouc qui absorbait les moindres bruits. Quant à l'escalier, il conduisait sans doute au fond d'un hall. On aviserait en bas. Hermantier ignorait s'il se trouvait au second ou au troisième. Comment aurait-il su le nombre des étages ? Il saisit la rampe, décidé à s'y cramponner jusqu'au rez-de-chaussée. Ensuite, il chercherait les cuisines, à l'odeur. Car il fallait éviter l'entrée principale. Une fois dans les communs, il se débrouillerait ; il mettrait bien la main sur une fenêtre ou une porte de service. Un ascenseur fonctionna quelque part. Hermantier entendait glisser la cage. Elle montait et un déclic lui apprit qu'elle venait de s'arrêter à l'étage au-dessus. Puis la porte de fer se referma doucement, fit jouer ses gâches. Impossible de deviner la direction suivie par la personne qui venait de sortir. Le tapis de caoutchouc n'étouffait pas seulement les pas d'Hermantier. Il descendit plus vite et la rampe lui échappa des mains. Il n'y avait plus de rampe, plus de marches. Il était arrivé. Il débouchait dans le hall. A l'extrémité de ce hall, s'ouvrait probablement une loggia, une cabine vitrée réservée au veilleur. On allait l'interpeller. Mais non. Tout semblait désert, abandonné. Il s'avança, cherchant à s'orienter. Sous l'escalier, peut-être découvrirait-il un passage.

Une main le toucha à l'épaule. Ce fut si rapide, si imprévu, qu'il faillit tomber de saisissement.

— Ancor voi! murmura une voix. Siete incorreggibile! Via, venite.

Il était pris. Il se sentait trop faible, trop malheureux, pour résister. A quoi bon se débattre, comme l'autre nuit? La femme appellerait. Il serait, cette fois encore, empoigné, emporté, enfermé, abruti de piqûres.

— Laissez-moi partir! supplia-t-il.

Elle ne comprenait pas le français. Elle reprit, un peu plus haut, dans cette langue rapide où les r roulaient comme des petits cailloux :

— Ricoricatevi. Non siate cattivo!

Elle le poussa en avant, tira une grille et il la sentit tout près de lui, dans la cage de l'ascenseur.

— Je ne suis pas malade, expliqua-t-il en détachant

chaque mot et en parlant fort, comme si elle était sourde. Pas malade ! Il faut que je m'en aille.

L'appareil ronronnait. Une secousse molle l'immobilisa au premier.

— Andate fuori !

— Puisque je vous dis que je dois m'en aller. On n'a pas le droit de me retenir ici contre mon gré.

Elle lui prit la main et il se résigna. Mais, tout le long du corridor silencieux, il répéta sans espoir :

— Je suis Richard Hermantier... Hermantier... Les lampes électriques... Richard Hermantier...

Elle entra dans la chambre derrière lui, ferma la porte à clef.

— Spogliatevi.
— Comment ?
— Spogliatevi.

Et comme il ne comprenait pas, elle entreprit de lui retirer sa veste. Alors, docilement, il acheva de se déshabiller. L'homme, derrière la cloison, geignait toujours. Celui de gauche marmonnait interminablement ses prières.

— Vi mandero il medico di servizia.

Il reconnut le mot : médecin. Elle allait sans doute sonner le médecin de garde. Tant mieux. Celui-là, peut-être, accepterait de l'écouter. Il se coucha mais resta appuyé sur un coude, suivant de la tête les mouvements de l'infirmière.

— Vous voyez, dit-il. Je ne suis pas du tout énervé. Je vous assure que je n'ai pas besoin de piqûres. J'ai seulement besoin de téléphoner... téléphoner...

— Telefonate ?

Elle répéta le mot puis se mit à rire et lui posa la main sur le front.

— Non, non, cria Hermantier. Je ne suis pas fou, allez ! Tout le monde me croit fou, ici, je sais. Mais enfin, bon Dieu, il y a bien quelqu'un capable de me comprendre, dans cet hôpital !

— Non parlate piu. Riposatevi.

Hermantier s'étendit sur le dos, regrettant d'avoir laissé paraître son impatience. Elle allait raconter au docteur qu'il avait eu une crise, ou quelque chose de ce genre. Et ils lui injecteraient encore Dieu sait quelle drogue pour l'obliger à rester tranquille. Comment leur faire entrer dans la tête que le temps pressait, qu'il n'y avait plus une minute à perdre ?

La porte fut doucement refermée.

— Via, che cosa c'é ?

C'était le docteur. Il avait, comme tous les autres, une voix de chanteur qui semblait raconter des gentillesses. L'infirmière répliqua quelque chose, avec volubilité, et la main du médecin serra le poignet d'Hermantier.

— Je ne suis pas malade, protesta Hermantier.

Il détacha les mots rageusement :

— Pas ma-la-de. Je veux seulement qu'on m'écoute !

— Aveti già parlato a l'interprete.

— Ah ! votre interprète ! Il ne parlait pas mieux le français que vous... Et il était persuadé que je délirais.

— Bisogna dormire. Domani quando sarete più quieto, tornaro !

Il fit un effort, prononça en français : demain, et c'était risible.

— Je vous en prie, docteur, cria Hermantier. Demain, il sera trop tard... Ils vont venir me chercher... Vous ne pouvez pas vouloir qu'ils me tuent ! Et pourtant s'ils m'emmènent, je suis perdu... Vous comprenez cela... *Perdu !*... A-t-on envoyé mes lettres ?

Il secoua la main du médecin.

— Hein ? Mes lettres ?

— Si, si... le sue lettere sono partite !

— Seulement, dit Hermantier, le temps qu'on intervienne... On voit bien que vous ne les connaissez pas. Ils sont capables de tout ! Il faut que vous me gardiez ici jusqu'à la fin de l'enquête.

Il prit un ton sérieux, posé, pour forcer l'attention du docteur.

— Votre police... vous saisissez... Police... Il va falloir qu'elle se mette en rapport avec la police française ; il y a des vérifications à effectuer, des témoins à convoquer, des gens de Lyon... Ils me reconnaîtront. Ils diront qu'on m'a fait passer pour un mort.

— Si, perfettamente !

Hermantier sentit que l'homme répondait au hasard, qu'il n'écoutait même pas. L'infirmière remuait des choses qui tintaient. Une odeur d'éther lui apprit qu'on se préparait à lui injecter un calmant.

— Attendez !... Attendez !... Je vais parler plus lentement. Vous voyez, je ne m'emballe pas... Je raisonne... comme vous... comme n'importe qui. La maison où j'ai été enfermé, elle existe... Je ne l'ai pas inventée...

Les autres l'observaient, de chaque côté du lit, impressionnés peut-être par son accent de sincérité.

— Elle se trouve au bord de la mer, poursuivit-il. Les automobilistes ont dû vous désigner l'endroit où ils m'ont ramassé. Eh bien, avant d'être renversé, je n'avais pas marché plus d'une heure. Je n'avais pas parcouru plus de quatre kilomètres. Quatre !

Il éleva ses doigts, le pouce replié.

— J'avais traversé un bois de pins. Aussitôt après, il doit y avoir un poste d'essence. Ensuite, il me semble que la route descend et passe sous un tunnel... J'ai bien réfléchi... C'est sûrement un tunnel, juste avant des villas entourées de grilles...

Le médecin murmura quelques mots, s'adressant à l'infirmière.

— Vous voulez d'autres précisions ? dit Hermantier. La maison est forcément près d'un village. J'entendais les cloches. Qu'on aille consulter les registres, à la mairie, à l'église. Et au cimetière, la tombe... Richard Hermantier... 1902-1948...

L'infirmière releva le drap. Il le rabattit d'un geste mesuré mais ferme.

— Tout à l'heure ! Je n'ai pas fini. Il faut que vous sachiez tout, parce que c'est une histoire abominable. Quand ils viendront, ils recommenceront à vous mentir, comme ils m'ont menti à moi... Mais j'ai fini par reconstituer la vérité, à force !

— Via, e tempo di dormire.

Cette fois, le docteur n'était pas content. Il tâchait encore d'être aimable mais Hermantier devinait bien qu'il avait hâte de s'en aller, de retrouver son sommeil interrompu. Hermantier céda, subit la piqûre. Ensuite, l'infirmière le borda et s'assit près de lui, tandis que le docteur lui tâtait le pouls. Il fallait se dépêcher de parler, pendant qu'ils étaient encore là, tous les deux. Il fallait surtout leur prouver qu'il était sans haine.

— Vous savez, dit-il, ce ne sont pas de véritables criminels. Hubert a toujours été un pauvre type sans volonté. Et Christiane ! Elle souhaitait seulement que j'abandonne l'usine... Voilà pourquoi ils m'ont emmené à l'étranger, isolé dans un endroit où je ne connaissais personne, où personne ne me connaissait. Il leur suffisait de me faire passer pour mort, en France. Un de vos employés de l'état civil aurait établi un faux acte de décès. Ils étaient riches, avec mon argent. Ils pouvaient acheter n'importe qui...

Le docteur retira sa main.

— Non, fit Hermantier. Ne partez pas. Oh ! je sais ce que vous pensez : tout ce que j'avance là, je l'imagine. Mais quand ils seront arrêtés, ils seront bien obligés d'avouer et alors vous constaterez que je ne me trompais pas.

La tête d'Hermantier devenait lourde, au creux de l'oreiller. Son corps était inerte et, derrière son front, il y avait comme un léger flou, mais il se sentait parfaitement lucide. Les phrases se composaient d'elles-mêmes et il commençait à être sûr que le médecin et l'infirmière l'écoutaient avec intérêt. Sans doute apercevaient-ils maintenant les contours de son récit. En tout cas, ils ne bougeaient plus. Mais ils étaient toujours là... Ils ne pouvaient pas être sortis. D'abord, quand seraient-ils sortis ? Hermantier eut un petit rire qu'il n'entendit pas. Il ne s'entendait pas parler, non plus... mais ses lèvres s'agitaient, ses explications continuaient.

— Vous comprenez, docteur... Hubert voyageait beaucoup. Il lui a été facile de découvrir une villa semblable à notre maison de Vendée. Toutes ces maisons d'été se ressemblent. Et puis, en cinq mois, hein, on a le temps de murer des fenêtres, de percer des portes... On édifie une véranda, un garage... On emménage, on tapisse, on décore, et le tour est joué... Et pour le jardin ! Il suffit de tracer des allées, de dessiner des plates-bandes, d'apporter des fleurs. Même le petit pêcher... Le jour où on s'aperçoit qu'il manque, on va chez l'horticulteur, et tout est dit. C'est tellement facile de berner un aveugle, de lui faire croire n'importe quoi !

La langue d'Hermantier s'embarrassait. Il avait oublié le docteur, l'infirmière. Il regardait en lui-même, là où brillait la vérité, parmi les cauchemars et les rêves. Il n'avait même plus besoin qu'on l'écoute. C'était à lui qu'il racontait son malheur. Et il en revenait toujours au même point.

— Un aveugle ! Est-ce que ça compte... On lui affirme que le voyage a duré huit heures, comme d'habitude, alors qu'il en a duré dix ou douze. On prétend qu'il y a eu une petite panne pour expliquer la courte attente, à la frontière. Les douaniers ? Ils n'allaient pas réveiller un infirme assoupi. Ah ! c'était bien combiné. Hermantier n'était plus à craindre. Il était bien désarmé, le patron, le mari. Et s'il découvrait quelque chose, s'il protestait, s'il voulait rentrer à Lyon, alors... Comment ?

Hermantier s'agita. Ne venait-on pas de parler ? Il essaya de tendre le bras, de toucher l'infirmière qui devait être tout près, sur sa chaise, mais son bras demeura immobile.

— Vous commencez à être convaincus, murmura-t-il d'une voix pâteuse. Maxime ? Ah ! Maxime ! Ils lui ont promis de l'argent, beaucoup d'argent...

Il frissonna et sa bouche se referma mais une autre voix, en lui, continuait :

— Maxime... Un bon petit... Il ne savait pas ce qu'il faisait. Parce que... s'il avait su... non ! C'était un Hermantier, un vrai... Et puis, il est mort, Maxime... Alors, plus besoin d'un faux acte de décès, plus besoin de s'assurer des complicités dangereuses... Il y a un mort à enterrer... Moi ! Moi !

Un peu de salive coula sur son menton tuméfié. La voix cria, au fond de lui :

— Docteur ! Ils n'ont plus le choix... Ils doivent me tuer, maintenant... Ne les laissez pas entrer... Vous m'entendez ? Vous m'entendez ?

Il dut percevoir, dans la brume où il s'enfonçait, quelque signe rassurant car il s'apaisa et se tassa sur le côté. La veilleuse éclairait son profil puissant et un coin de la chambre depuis longtemps déserte. A côté, la voix qui priait s'était tue.

*
* *

Le directeur de l'hôpital s'inclina galamment sur la main de Christiane, salua Hubert. Ses yeux revinrent s'attacher à Christiane, belle, parfumée, merveilleusement habillée. Il parla longtemps, avec beaucoup de gestes. Il avait beau prendre l'attitude d'un homme compatissant, ses yeux sombres riaient. Ses lèvres découvraient, à chaque instant, ses dents très blanches.

— Qu'est-ce qu'il dit ? murmura Hubert.

— Il dit que Richard est toujours agité. On ne cesse pas de lui faire des piqûres. La nuit dernière, il a encore cherché à s'échapper.

Le directeur fouilla dans un tiroir et tendit à Christiane plusieurs lettres. Elle haussa les épaules et les passa à Hubert. Celui-ci pâlit un peu en lisant les adresses, tracées d'une écriture tremblée, affreuse.

Monsieur le Garde des Sceaux.
Monsieur le Procureur de la République.

Le directeur serrait ses mains l'une contre l'autre et parlait toujours, avec une rapidité extrême. Christiane lui répondait paisiblement, le visage grave.

— Que dit-il ? répéta Hubert.

— Il prétend que nous avons tort de vouloir emmener Richard. Il dit que Richard n'est pas dangereux, mais il nous conseille quand même la maison de santé.

Elle reprit les lettres et, tristement, les déchira une à une. Le directeur appuya sur un timbre, donna un ordre à une secrétaire. Puis, après une petite inclinaison de tête, il invita Christiane et Hubert à le suivre. Ils traversèrent le hall, s'arrêtèrent au pied de l'escalier. Deux infirmières, en haut des marches, soutenaient Hermantier. Hubert roulait et déroulait le bord de son chapeau. Christiane regardait l'aveugle qui descendait lentement, abruti par les calmants. Très vite, elle posa une question au directeur et celui-ci affirma quelque chose d'un ton catégorique.

— Traduisez! fit Hubert.

— Il dit que Richard n'a pas en ce moment toute sa conscience, qu'il va certainement s'endormir dans l'auto.

Hubert passa la pointe de sa langue sur ses lèvres.

— Dépêchons-nous, chuchota-t-il.

Précédant les infirmières, il ouvrit la porte qui donnait sur un jardinet. Christiane parlait doucement à Hermantier qui baissait la tête et semblait peser lourd aux bras des deux femmes. Clément sauta de son siège, ouvrit vivement la portière. Le concierge vint aider à hisser le malade dans la voiture. Christiane remerciait, glissait des billets au creux des mains, bavardait encore avec le directeur. Le moteur tournait. Elle s'assit entre Hubert et son mari.

Alors Hermantier allongea le bras par la portière, accrocha la veste du directeur. La figure crispée par l'effort, il essayait de dire quelque chose et ses doigts s'acharnaient, cherchaient à se cramponner. Le directeur, gentiment, tout en adressant à Christiane un dernier sourire, fit lâcher prise à cette main obstinée et, au moment où l'auto démarrait, il se pencha vers Hermantier, rassembla les rares mots de français dont il se souvenait encore et dit, de sa voix chantante :

— Avec Madame... guérir... bientôt guérir!

DES MÊMES AUTEURS

AUX ÉDITIONS DENOËL

Celle qui n'était plus...,
dont H. G. Clouzot a tiré son film : Les Diaboliques.

Les Louves, *porté à l'écran par Luis Saslavsky.*

D'entre les morts,
dont A. Hitchcock a tiré son film : Sueurs Froides.

Le Mauvais Œil

A cœur perdu,
dont Étienne Périer a tiré son film : Meurtre en 45 tours.

Les Magiciennes, *porté à l'écran par Serge Friedman.*

L'ingénieur aimait trop les chiffres

Maléfices, *porté à l'écran par Henri Decoin.*

Maldonne, *porté à l'écran par Sergio Gobbi.*

Les victimes

Le Train Bleu s'arrête treize fois (*Nouvelles*).

... Et mon tout est un homme (*Prix de l'Humour Noir 1965*).

La mort a dit peut-être

La porte du large (*Téléfilm*).

Delirium

Les veufs

La vie en miettes

Manigances (*Nouvelles*).

Opération Primevère (*Téléfilm*).

Frère Judas

La tenaille

La lèpre

L'âge bête (*Téléfilm*).

Carte vermeil (*Téléfilm*).
Les Intouchables
Terminus (*Téléfilm*).
Box-office
Mamie
Les eaux dormantes

A LA LIBRAIRIE DES CHAMPS-ÉLYSÉES

Le secret d'Eunerville
La Poudrière
Le second visage d'Arsène Lupin
La justice d'Arsène Lupin
Le serment d'Arsène Lupin

AUX PRESSES UNIVERSITAIRES

Le roman policier
(*Coll. Que sais-je?*)

AUX ÉDITIONS PAYOT

Le roman policier (*épuisé*).

AUX ÉDITIONS HATIER — G.-T. RAGEOT

Sans Atout et le cheval fantôme
Sans Atout contre l'homme à la dague
Les Pistolets de Sans Atout
romans policiers pour la jeunesse

*Impression Bussière à Saint-Amand (Cher),
le 15 mai 1985.
Dépôt légal : mai 1985.
Numéro d'imprimeur : 2533.*

ISBN 2-07-037653-2/ Imprimé en France.
Précédemment publié par les éditions Denoël
ISBN 2-207-23151-8.

35694